Esta é uma publicação Principis, selo exclusivo da Ciranda Cultural
© 2020 Ciranda Cultural Editora e Distribuidora Ltda.

Texto
Dante Alighieri

Produção e projeto gráfico
Ciranda Cultural

Tradução
José Pedro Xavier Pinheiro

Imagens
Theus/Shutterstock.com;
Gleb Guralnyk/Shutterstock.com;
Robert Adrian Hillman/Shutterstock.com;

Revisão
Project Nine Editorial
Fernanda R. Braga Simon

Dados Internacionais de Catalogação na Publicação (CIP) de acordo com ISBD

A411p   Alighieri, Dante

          Purgatório / Dante Alighieri ; traduzido por José Pedro Xavier
Pinheiro. - Jandira, SP : Principis, 2020.
240 p. ; 16cm x 23cm. – (A divina comédia)

          Inclui índice.
ISBN: 978-65-509-7033-8

          1. Literatura italiana. 2. Poesia. 3. Dante Alighieri. 4. A divina
comédia. I. Pinheiro, José Pedro Xavier. II. Título. III. Série.

                                   CDD 851
2019-2189   CDU 821.131.1-1

Elaborado por Vagner Rodolfo da Silva - CRB-8/9410

Índice para catálogo sistemático:
1.   Literatura italiana : Poesia 851
2.   Literatura italiana : Poesia 821.131.1-1

1ª edição revista em 2020
www.cirandacultural.com.br
Todos os direitos reservados.
Nenhuma parte desta publicação pode ser reproduzida, arquivada em sistema de
busca ou transmitida por qualquer meio, seja ele eletrônico, fotocópia, gravação
ou outros, sem prévia autorização do detentor dos direitos, e não pode circular
encadernada ou encapada de maneira distinta daquela em que foi publicada, ou
sem que as mesmas condições sejam impostas aos compradores subsequentes.

SUMÁRIO

CANTO I 5

CANTO II 12

CANTO III 18

CANTO IV 25

CANTO V 32

CANTO VI 39

CANTO VII 47

CANTO VIII 54

CANTO IX 61

CANTO X 68

CANTO XI 75

CANTO XII 82

CANTO XIII 89

CANTO XIV 96

CANTO XV 103

CANTO XVI 110

CANTO XVII......117

CANTO XVIII......124

CANTO XIX......131

CANTO XX......138

CANTO XXI......146

CANTO XXII......153

CANTO XXIII......161

CANTO XXIV......168

CANTO XXV......176

CANTO XXVI......183

CANTO XXVII......190

CANTO XXVIII......197

CANTO XXIX......204

CANTO XXX......212

CANTO XXXI......219

CANTO XXXII......226

CANTO XXXIII......234

CANTO I

Saindo do Inferno, Dante respira novamente o ar puro e vê fulgentíssimas estrelas. Encontra-se na ilha do Purgatório. O guardião da ilha, Catão Uticense, pergunta aos dois Poetas qual é o motivo da sua jornada. Logo após, ele os instrui relativamente ao que devem fazer, antes de iniciar a subida do monte.

Do engenho meu a barca as velas Solta
Para correr agora em mar jucundo,
E ao despiedoso pego a popa volta.

Aquele reino cantarei segundo,
Onde pela alma a dita é merecida
De ir ao céu livre do pecado imundo.

Ressurja ora a poesia amortecida,
Ó Santas Musas, a quem sou votado;
Unir ao canto meu seja servida

Calíope[1] o som alto e sublimado,
Que às Pegas[2] esperar não permitira
Lhes fosse o atrevimento perdoado.

---
1 Musa da epopeia. (N. T.)
2 As filhas de Pierio desafiaram as Musas para cantarem com elas e, vencidas, foram transformadas em pegas. (N. T.)

DANTE ALIGHIERI

Suave cor de oriental safira,
Que se esparzia no sereno aspeito
Do ar até onde o céu primeiro gira,

Recreia a vista; e eu ledo me deleito
Em surdindo da estância tenebrosa,
Que tanto os olhos contristara e o peito.

A bela estrela[3], a amor auspiciosa
Sorrir alegre faz todo o Oriente,
Vela os Peixe[4], que a seguem, luminosa.

Ao outro polo endereçando a mente,
Volto-me à destra, e os astros quatro vejo,
Que vira só a primitiva gente.

Folgar o céu parece ao seu lampejo.
Do Norte, ó região, viúva hás sido,
De os contemplar te não foi dado ensejo.

Depois de os remirar, já dirigido
Olhos havia para o polo oposto,
Donde a Carroça havia-se partido,

Eis noto um velho[5], perto de mim posto,
Que reverência tanta merecia,
Que mais do pai não deve o filho ao rosto.

---

3   Vênus. (N. T.)
4   A constelação dos Peixes. (N. T.)
5   Catão Uticense, que, para não se entregar a Júlio César, se suicidou em Útica. (N. T.)

Nas longas barbas nívea cor saía,
Sendo na coma sua semelhante,
Que em dupla trança ao peito lhe caía.

A luz dos santos astros rutilante
De fulgor tanto lhe aclarava o gesto,
Que o vi, como se o Sol lhe fosse adiante.

"Quem sois que em contra o rio escuro e mesto[6]
Do eterno cárcere heis fugido os laços?",
Movendo as nobres plumas, disse presto.

"Quem vos guiou alumiando os passos
Para a profunda noite haver deixado,
Que enluta sempre os infernais espaços?

As leis do abismo acaso se hão quebrado?
O céu dá, seus decretos revogando,
Que dos maus seja o meu domínio entrado?"

Travou de mim Virgílio, me exortando
Por voz, aceno e mãos: como queria
Os joelhos curvei, olhos baixando.

"De motu meu não vim", lhe respondia,
"De Dama aos rogos, que do céu descera
Socorro este homem, sirvo-lhe de guia.

Pois que é desejo teu que a nossa vera
Condição definida mais te seja,
Prestar-me cumpro explicação sincera.

---

6   O rio Aqueronte. (N. T.)

Aura da vida este home'inda bafeja,
Mas tanto, de imprudente, se arriscara,
Que é maravilha vivo ainda esteja.

Disse como a salvá-lo me apressara:
Por onde os passos dirigir pudesse
Essa vereda só se deparara.

Mostrei-lhe a gente, que por má padece;
Mostrar-lhe intento os que ora estão purgando
Pecados no lugar, que te obedece.

Longo seria como o vou guiando
Dizer-te: é força do alto a que me impele,
Para te ver e ouvir o encaminhando,

Digna-te, pois, beni'no ser com ele:
A liberdade anela, que é tão cara:
Sabe-o bem quem por ela a vida expele.

Por ela a morte não te há sido amara
Em Útica, onde a veste foi deixada,
Que em Juízo há de ser de luz tão clara.

Por nós eterna lei não é violada:
Ele inda vive; Minos não me empece;
No círc'lo estou, onde acha-se encerrada

Tua Márcia[7], que em casto olhar parece
Rogar-te ainda que por tua a tenhas:
Lembrando-a em favor nosso te enternece.

---

7   Esposa de Catão. (N. T.)

A DIVINA COMÉDIA – PURGATÓRIO

Ir deixa aos reinos teus, não nos retenhas;
Hei de a Márcia dizê-lo agradecido,
Se lá de ti falar-se não desdenhas."

"Márcia a meus olhos tão jucunda há sido
Que", tornou-lhe Catão, "eu de bom grado
No mundo quanto quis lhe hei concedido.

Estando além do rio detestado,
Mover-me ora não pode: este preceito
Me foi, deixando o Limbo, decretado.

Se por dama celeste hás sido eleito,
Como disseste, é vã lisonja agora;
O que requeres em seu nome aceito.

Vai, pois: cingindo este homem sem demora
De liso junco, lava-lhe o semblante;
Toda a impureza seja posta fora.

Cumpre que, quando ele estiver perante
O anjo, que do céu vier primeiro,
Névoa nenhuma os olhos lhe quebrante.

Lá onde baixa o ponto derradeiro
Do mar batido, esta ilha tem viçoso
Juncal que alastra todo o seu nateiro.

Não pode vegetal rijo ou frondoso
Ter vida ali; porque não dobraria
Ao embate das ondas caprichoso.

DANTE ALIGHIERI

Aqui tornar inútil vos seria.
Vereis ao Sol, que surge, o melhor passo
Para subir do monte à penedia."

Sumiu-se. Ergui-me, então, sem mais espaço,
E em silêncio; olhos fitos no semblante
De Virgílio, amparei-me com seu braço.

"Comigo, ó filho", diz-me "segue avante.
Atrás voltemos; pois daqui se inclina
O plano para o mar, que jaz distante".

Fugia ante a alva a sombra matutina;
Já nos ficava aos olhos descoberta,
Posto remota, a oscilação marina.

Pela planície andávamos deserta,
Como quem trilha a estrada, que perdera,
E teme não achar vereda certa.

Chegando à parte, onde não pudera
Do rocio triunfar o Sol nascente,
Porque à sombra o frescor pouco modera,

Sobre a relva meu Mestre brandamente
As mãos ambas abriu: o movimento
Lhe noto e o compreendo, diligente,

As lacrimosas faces lhe apresento.
Virgílio as cores restaurou-me ao gesto,
Que desbotara o inferno nevoento.

A Divina Comédia – Purgatório

Vimos à erma praia a passo lesto:
Nunca sobre águas suas navegara
Homem que o mundo torne a ver molesto.

Cingido fui, como Catão mandara.
Portento! A humilde planta renascida,
Qual antes vi no solo, onde a arrancara,

Sem diferença, de súbito crescida.

CANTO II

Estão os Poetas ainda na praia, incertos em relação ao caminho, quando chega uma barca, guiada por um Anjo, da qual saem almas destinadas ao Purgatório. Uma delas, o músico Casella, amigo de Dante, a convite do Poeta, começa a cantar uma sua canção. Os dois Poetas e as almas ficam a ouvir o canto harmonioso. Sobrevém, porém, o severo Catão, que as repreende, e as almas fogem para o monte.

Resplendecia o Sol já no horizonte
Que tem meridiano, onde iminente
O zênite fica de Solima ao monte[8].

Na parte oposta a noite diligente
Do Ganges co'as Balanças se elevava,
Que lhe caem da mão, quando é excedente.

Já nesse tempo a idade transformava
A branca e rósea cor da bela Aurora
Noutra, que a de áureos pomos simulava.

Do mar ao longo inda éramos nessa hora,
Como quem, na jornada embevecido,
Se apressa em mente, os pés, porém, demora:

---

8   Colocando o Purgatório em um hemisfério antípoda àquele da terra, o Poeta nota que onde ele estava o Sol despontava e na mesma hora em Jerusalém (Solima) descia a noite. (N. T.)

A DIVINA COMÉDIA – PURGATÓRIO

Eis, qual sobre manhã, enrubescido,
Das névoas através, Marte chameja
No ponente das ondas refletido,

Uma luz (praza a Deus de novo a veja!)
Tão veloz pelo mar vi deslizando,
Que não há voo de ave, que igual seja.

Maior mostrou-se e mais fulgente, quando,
Depois de ter-me ao Guia meu voltado,
De novo olhei o seu brilho contemplando.

Nívea forma também, a cada lado,
Lhe divisei; abaixo aparecia
De igual cor outro vulto assinalado.

Té asas discernir permanecia
O sábio Mestre meu silencioso.
Mas então, como o nauta conhecia,

Bradou: "curva os joelhos respeitoso,
Junta as mãos: eis de Deus um mensageiro!
De ora avante hás de ver outros ditoso.

Vê que, aos humanos meios sobranceiro,
Para vir de tão longe velas, remos
Possui das asas no volver ligeiro.

Como ele as alça para o céu já vemos,
Eternas plumas suas agitando;
Não mudam como dos mortais sabemos".

DANTE ALIGHIERI

Em tanto, mais e mais se apropinquando,
Mais clara sobressai a ave divina:
Olhos abaixo à luz me deslumbrando.

O anjo logo à riba a nave inclina,
Tão rápida, tão leve, que parece
Voar somente na amplidão marina.

Na popa erguido o nauta resplendece:
Feliz quanto é lhe está na fronte escrito;
Das almas turba ao mando lhe obedece.

In exitu Israel de Egypto[9]
A uma voz cantavam juntamente
E o mais, que foi no santo salmo dito.

Sinal da Cruz lhes fez devotamente:
Todos então à riba se lançaram
E tornou, como veio, incontinente.

Em volta remirando, os que ficaram
Pareciam de espanto apoderados,
Como quem a estranheza se acercaram.

O Sol frechava os lumes seus dourados,
Lá do meio do céu tendo expelido
O Capricórnio a tiros reiterados,

Quando as almas, que haviam descendido,
Perguntam-nos: "Sabeis, para indicar-nos,
Por onde o monte pode ser subido?"

---

9   Primeiro verso do Salmo 114. (N. T.)

A Divina Comédia – Purgatório

Tornou Virgílio: "Vos apraz julgar-nos
Do lugar sabedores; mas viandantes,
Como sois vós, deveis considerar-nos.

Chegáramos aqui, de vós, pouco antes,
Por estrada tão árdua e temerosa,
Que esta subida a par, jogo é de infantes".

Notando aquela turba, curiosa,
Que eu, pelo respirar, era homem vivo,
Enfiou ante a vista portentosa.

E como, a quem da paz ramo expressivo
Presenta, o povo acerca-se cuidoso
Em tropel de notícias por motivo:

O bando assim das almas venturoso
Em meu rosto atentava alvoroçado,
Quase esquecido de ir a ser formoso.

Uma, tendo-se às mais adiantado
A me abraçar correu com tanto afeito,
Que fui de impulso igual arrebatado.

Sombras vãs, verdadeiras só no aspeito!
Três vezes quis nos braços estreitá-la,
Só as três vezes estreitei ao peito.

Ante o espanto, que o gesto me assinala,
Sorriu-se; e, como já se retirasse,
Avançando, eu tentei acompanhá-la.

DANTE ALIGHIERI

Suavemente disse que eu parasse,
Pedi-lhe, com certeza a conhecendo,
Que um pouco a praticar se demorasse:

"Como te amei", me respondeu, "vivendo
No mortal corpo, assim eu te amo agora.
Por que vais? dize: ao teu desejo atendo".

"Caro Casella[10]", disse-lhe, "hei de embora
Tornar, ao fim desta jornada, à vida.
Por que de vir hás delongado a hora?"

"Se a passagem negou-me requerida
Anjo, que as almas, quando apraz-lhe, guia,
Ofensa não me fez imerecida;

Pois a justo querer obedecia.
Na barca em paz, três meses há somente,
A todos dá a entrada apetecida.

Eu, que na plaga então era presente,
Onde no mar o Tibre as águas deita
Por ele aceito fui benignamente,

A essa foz seus voos endireita;
Pois sempre ali a grei 'stá reunida,
Às penas do Aqueronte não sujeita."

"Se não é por lei nova proibida
Memória e usança do amoroso canto,
Que as mágoas todas me adoçou da vida,

---

10   Músico florentino amigo de Dante e que havia musicado algumas canções dele. (N. T.)

A Divina Comédia – Purgatório

Praza-te amigo, confortar um tanto
Minha alma, que molesta, que amofina
Star envolta no corpóreo manto."

"Amor que em minha mente raciocina",
Entoou ele então com tal doçura,
Que o som donoso inda alma me domina.

Ao Mestre, a mim, a todos a brandura
Do saudoso cantar tanto elevava,
Que de al a mente nossa então não cura.

Na toada, absorvida, se engolfava,
Eis de repente o velho[11] venerando:
"Que fazeis, descuidosos?", nos bradava.

"Pois estais na indolência assim ficando?
Ide ao monte, a despir essa impureza,
Que a vista vos está de Deus vedando!"

Quais pombos, que dos agros na largueza,
Em desejado pascigo embebidos,
Como olvidada a natural braveza,

Súbito arrancaram, de temor pungidos,
Se algum mal iminente lhes parece,
De cuidados maiores possuídos:

Tal a recente grei o canto esquece,
E, como homem, que vai sem ter roteiro,
Corre à costa, que aos olhos se oferece:

Não foi nosso partir menos ligeiro.

---

11 Catão. (N. T.)

CANTO III

Os dois Poetas se aprestam a subir o monte. Enquanto estão procurando o lugar onde a subida seja mais fácil, veem um grupo de almas que lhes vêm ao encontro. Perguntam a elas onde seja a subida. Uma das almas se dá a conhecer a Dante. É Manfredo, rei de Nápoles e da Sicília. Ele narra como morreu, pedindo a Deus, na hora extrema. Estão juntas com ele as almas dos que foram inimigos da Santa Igreja.

Enquanto aquela fuga repentina
Pela planície as sombras impelia
Ao monte, que a razão a amar ensina,

Ao sócio meu fiel eu me cingia:
Como sem ele houvera prosseguido?
Quem para alçar-me esforço me daria?

De remorsos parece possuído.
Ó consciência pura e sublimada,
Leve falta pesar te dá subido!

Quando atalhava a pressa, que é vedada
A quem dos atos no decoro atente,
Eu, que sentira a mente angustiada,

A Divina Comédia – Purgatório

Tornando ao meu intento afoutamente
Os olhos à eminência levantava,
Que para o céu mais alto eleva a frente.

Nas espaldas o Sol nos dardejava
Rubra luz, que o meu corpo interrompia,
Pois aos seus raios óbice formava.

Escuro ante mim só aparecia
O solo: eu, de abandono receoso,
Voltei-me ao lado onde era o sábio Guia.

Virgílio então me encara. "Suspeitoso
Te mostras?", diz, "cuidavas, porventura,
Que eu não mais te acompanhe cuidadoso?

Surge Vésper lá onde a sepultura[12]
Guarda o corpo em que sombra já fizera
Tomando-o a Brindes, Nápole o assegura.

Se ante mim não a vês, não te devera
Dar pasmo como lá no firmamento
Se a luz a luz não tolhe e não movera.

Para calma sentir, frio ou tormento
Dispôs-nos corpo a suma Potestade.
Como o fez? Não nos deu conhecimento.

Fátuo é quem julga à humana faculdade
Franco o infindo caminho e sempiterno,
Por onde segue o Ente Uno em Trindade.

---

12   O cadáver de Virgílio de Brindes foi transportado para Nápoles, onde, neste momento, descia a noite. (N. T.)

Homem, vos baste o *quia*[13]: se ao superno
Saber alevantar-vos fosse dado,
Da Virgem ao seio não baixara o Eterno.

Já viste porfiar sem resultado
Os que, cevar podendo seu desejo,
Em perpétua aflição o têm tornado.

De Aristóteles falo neste ensejo,
De Platão, de outros mais". Baixando a fronte,
Calou; mostrava torvação e pejo.

Chegamos nós em tanto ao pé do monte
Onde era a rocha de tal modo erguida,
Que de subir capaz ninguém se conte.

A vereda mais erma e desabrida,
Que de Léria a Túrbia[14] se encaminha,
Dá, confrontada, cômoda subida.

E o Mestre, assim falando, os pés detinha:
"Quem sabe onde a este monte o passo ascende?
Como aqui sem ter asas se caminha?"

Enquanto, baixo o rosto, o Mestre entende
Na jornada, em sua mente interrogando,
E pela altura a vista se me estende,

Divisei turba a nós endireitando
Da mão destra; o seu passo era tão lento,
Que não me parecia estar andando.

---

13 *Vos baste o quia*: basta saber o que é, sem procurar a razão. (N. T.)

14 O caminho entre essas duas aldeias da Ligúria. (N. T.)

A Divina Comédia – Purgatório

"Aos que vêm", disse ao Mestre, "mira atento;
Por eles pode ser conselho dado,
Se o não te of'rece o próprio pensamento..."

Olhou-me, e com semblante asserenado
"À turba vagarosa", tornou, "vamos,
E a esperança te esforce, ó filho amado!"

Passos mil para a grei nos caminhamos
E de tiro de pedra inda a distância,
Por mão destra arrojada, nos chamamos,

Quando aqueles espíritos estância
Junto aos penhascos vi fazer, cerrados,
Qual transviado da incerteza em ânsia.

"Vós, eleitos ao bem, no bem finados",
Disse Virgílio, "pela paz ditosa,
Em que sois todos, creio, esperançados,

Dizei-me onde a montanha alta e fragosa
Subir permite, um pouco se inclinando:
Do tempo a perda ao sábio é desgostosa".

Como as ovelhas o redil deixando
A uma, duas, três e a cerviz tendo
Baixa as outras vão tímidas ficando;

Todas como a primeira, se movendo,
Conchegam-se-lhe ao dorso, se ela para,
O porque, simples, quietas não sabendo:

DANTE ALIGHIERI

Assim a demandar-nos se apressara
A venturosa grei, que no meneio
Traz a moléstia e o pudor na cara.

Tomada foi, porém, de tanto enleio,
Por minha sombra em vendo a luz cortada
A destra, em direção da rocha ao seio,

Que a vanguarda parou, como torvada:
Pelos mais sem detença foi seguida,
Mas sem lhes 'star a causa revelada.

"A explicação previno apetecida:
Que um vivo corpo vedes confesso
E a luz do Sol por este interrompida.

Não haja em vós de maravilha excesso;
Do céu pela virtude socorrido,
Da montanha atingir quer o cabeço",

Disse Virgílio. E foi-lhe respondido:
"Voltai-vos; caminhai de nós diante".
E o lugar indicavam referido.

"Sem que um momento deixes ir avante,
Quem quer que sejas, olha-me e declara",
Disse um deles, "se hás visto o meu semblante".

Volvi-me, olhos fitando em quem falara.
Formoso e louro, tinha heroico aspeito;
Um golpe o seu sobrolho separara.

A Divina Comédia – Purgatório

Tornei-lhe "não", tomado de respeito.
"Olha", falou a sombra me indicando
Larga ferida no alto do seu peito.

"Vês Manfredo[15]", sorriu-se me falando,
Que neto foi da Imperatriz Constança[16].
A minha bela filha diz, voltando,

(Mãe daqueles por quem tanta honra alcança
Aragão com Sicília) o que hás sabido,
Qual a verdade seja lhe afiança.

Depois que foi o corpo meu ferido
De golpes dois mortais, a Deus piedoso
Alma entreguei, chorando arrependido.

Fui de horrendos pecados criminoso,
Mas a Bondade Infinda acolhe e abraça
Quem perdão lhe suplica pesaroso.

Se o Bispo[17] que enviou Clemente à caça
Do meu cadáver, respeitado houvesse
Esse preceito da Divina Graça,

Do corpo meu os ossos me parece,
Que em frente à ponte, ao pé de Benevento,
Em guarda o grave acervo inda tivesse.

---

15 Manfredo, filho do imperador Frederico II e neto da imperatriz Constança. (N. T.)

16 Constância, esposa de Pedro III de Aragão, teve dois filhos: Jaime, que sucedeu ao pai em Aragão, e Frederico, rei de Sicília. (N. T.)

17 Bartolomeu Pignatelli, bispo de Cosenza, por ordem do papa Clemente IV desenterrou o corpo de Manfredo, que era excomungado, e o mandou jogar no Rio Verde. (N. T.)

Agora os banha a chuva e açouta o vento,
Do reino meu distantes, junto ao Verde,
Onde os lançou sem luz, sem saimento.

Mas anátema[18] tanto alma não perde
Que, quando verde a esp'rança lhe floresce,
Do eterno amor do Criador deserde.

Por certo, em contumácia o que fenece
Contra a Igreja, ainda quando se arrependa
Na hora extrema sua, aqui padece

Tempo, que trinta vezes compreenda
Da impenitência o espaço, se ao decreto
Preces não trazem benfazeja emenda.

Vês, pois, que podes me tornar quieto:
Revelando à piedade de Constança
Que interdito me hás visto ainda exceto

Pelas preces de lá muito se alcança".

---

18 Excomunhão dos papas (N. T.)

CANTO IV

Seguindo os conselhos recebidos, os Poetas, através de um caminho apertado e difícil, sobem ao primeiro salto. Virgílio explica a Dante que, encontrando-se em hemisfério antípoda àquela terra, o Sol gira em direção contrária. Vendo muitas almas recolhidas à sombra de um rochedo, e aproximando-se delas, Dante reconhece o seu amigo Belacqua. Aí estão os espíritos preguiçosos dos que esperaram para arrepender-se o termo da vida.

Quando ou pelo prazer ou por desgosto
Das faculdades uma é possuída,
Concentrando-se, o espírito indisposto

Se mostra à ação, de outra qualquer nascida;
Verdade, que refuta a crença errada[19]
Que em nós uma alma está noutra acendida.

E, pois, se vendo, ouvindo, alma engolfada,
Lia-se à cousa, que a atenção cativa,
Sem sentir vai-lhe o tempo à desfilada.

---

19 A crença de atribuir ao homem diversas almas, crença dos platônicos e dos maniqueus. (N. T.)

Pois faculdade só no ouvir ativa
Difere dessa, em que alma se domina:
Uma presa, outra a vínculos se esquiva.

Experiência ao claro isto me ensina.
Aquela sombra atônito escutando,
Já com cinquenta graus o Sol se empina[20],

Sem que eu me apercebido houvesse, quando
Ao ponto fomos, onde a turba, unida,
"Haveis o que anelais!" disse, bradando.

Estando a vinha já madurecida,
Pelo aldeão de espinhos com braçada
Da sebe a estreita aberta é defendida.

Mais larga é que a vereda alcantilada
Por onde fui subindo após meu Guia,
Quando a grei nos deixou abençoada.

A Noli e a San Leo por árdua via
Com pés se vai, Bismântua[21] assim se alcança;
Ter asas de ave aqui mister seria;

Ou asas de um desejo, que não cansa,
Para o vate seguir que, desvelado,
Me servia de luz, me dava esperança.

Por carreiro entre penhas escavado,
Sempre de agudas pontas empecido,
Pelas mãos cada passo era ajudado.

---

20   O Sol percorre 15 graus por hora; portanto, haviam passado quase 3 horas e meia. (N. T.)
21   Noli, na Ligúria; San Leo, perto de Urbino; Bismântua, perto de Urbino. (N. T.)

A Divina Comédia – Purgatório

Chegados da alta escarpa ao topo erguido
Da eminência no dorso descoberto,
"Por onde ir", disse então, "Mestre querido?"

"Eia!", tornou, "não dês um passo incerto!
Vai subindo após mim pela montanha;
Guia acharemos no caminho esperto".

Não mede a vista elevação tamanha:
Linha que o centro corte de um quadrante,
Por certo a ingrimidez não lhe acompanha.

Sem forças já, falei-lhe titubante:
"Volve a face, pai meu: olha piedoso
Que só me deixas, indo por diante",

"Para ali, filho", diz, "te alça animoso!"
E o seu braço indicava uma planura,
Que torneia o declive temeroso.

Dessas vozes esforça-me a doçura
Tanto, que a rastos lhe seguia o passo
Até meus pés tocarem nessa altura.

Sentamo-nos a par, então, de espaço
Ao nascente voltados, qual viageiro
A estrada olhando, que calcara lasso;

Abaixo os olhos dirigi primeiro,
Ao Sol voltei depois; notei pasmado
Da esquerda o lume vir desse luzeiro[22].

---

22 O Purgatório encontra-se em um hemisfério antípoda; portanto, o Sol aparecia a Dante pela esquerda, quando no nosso hemisfério parece levantar-se à direita e caminhar à esquerda. (N. T.)

DANTE ALIGHIERI

Disse Virgílio ao ver quanto enleado
Stava, o carro da luz considerando
Que era entre nós e o Aquilão entrado:

"Se um e outro hemisfério alumiando,
Castor e Pólux junto a si tivera
O vasto espelho, que ora está brilhando,

Da Ursa ainda mais propínqua à esfera,
A roda do Zodíaco observaras,
Se a costumada estrela não perdera.

Meditando, a verdade logo acharas,
Se colocados de Sião[23] o monte,
E este outro na terra imaginaras,

Ambos guardando idêntico horizonte
E hemisférios diversos, onde passa
Estrada, em que tão mal correu Fetonte,

E se a razão em ti não for escassa,
Verás que, enquanto a um vai por um lado,
Ao outro pelo oposto o Sol perpassa."

"Tanto ao claro jamais, ó Mestre amado,
Como ora, o meu esp'rito compreendera,
Quando estava por dúvida nublado.

Que o círc'lo médio da mais alta esfera,
Que sempre Equador chama-se em certa arte
Entre o inverno e o Sol se considera,

---

23   Sião, Jerusalém, que é o lugar antípoda ao Purgatório. (N. T.)

A Divina Comédia – Purgatório

Deve (se pude a mente penetrar-te)
Para o norte volver-se, e, no entretanto,
Viam-no Hebreus de Áustro pela parte.

Agora, se te apraz, dize-me quanto
Hemos de andar; que os olhos, da eminência
Não atingindo o fim, se enchem de espanto".

"Da montanha", responde, "é a excelência
Fadiga no começo causar grave;
Quem mais sobe acha menos resistência.

Ao tempo, em que te parecer suave
Tanto, que a subas ágil e ligeiro,
Como descendo da água o curso a nave,

No termo te acharás deste carreiro:
Após afã desfrutarás repouso:
Quanto digo hás de ver que é verdadeiro".

Mal acabando o Mestre carinhoso,
Perto soa uma voz: "Talvez te seja,
Antes de lá chegar, preciso um pouso".

Volveu-se cada qual para que veja
Quem falara; alta penha deparamos;
Então só vemos que à mão sestra esteja.

Multidão, cercando-nos, achamos
Que à sombra demorava quietamente;
Por desídia detidos os julgamos.

DANTE ALIGHIERI

Mostra-se um mais que os outros negligente:
Sentado abraça as pernas, tendo o rosto
Recostado aos joelhos, qual dormente.

Disse então: "Vê, senhor, quanto disposto
É à inércia o que ali está parecendo:
Como irmão da preguiça fica posto".

Ele um pouco voltou-se olhos movendo
Para o meu lado, sem mudar postura,
"Pois vai tu, que és valente!" me dizendo.

Reconheci quem era. Inda me dura
Da agra ascensão em parte o grande ofego;
Mas endereço os passos à figura.

A fronte mal ergueu, quando me achego.
"Como conduz o Sol carro à esquerda
Tens reparado?", disse com sossego.

Por meneio tão lento e voz tão lerda
Fui algum tanto a riso provocado.
"Belacqua[24]", disse eu, "mas a tua perda

Não choro. Por que estás aqui sentado?
Esperas guia? Acaso, como outrora,
Da preguiça te sentes cativado?"

Tornou-me: "Irmão, subir que importa agora?
De Deus o anjo, que defende a entrada,
Me deixaria dos martírios fora.

---

24   Belacqua, florentino, fabricante de instrumentos musicais, amigo de Dante. (N. T.)

A Divina Comédia – Purgatório

Tanto a porta me tem de ser vedada,
Quanto no mundo me durara a vida:
Pesei-me só a morte ao ver chegada.

Mas antes ser me pode permitida
Pela oração de quem da Graça goza;
Que vai outra, do céu desatendida?"

Mas o Vate seguia na penosa
Jornada. "Vem!", dizia, "Resplandece
O Sol no meio-dia; e tenebrosa

Sobre Marrocos ora a Noite desce[25].

---

25   Sendo meio-dia no Purgatório, em Jerusalém, no hemisfério oposto era meia-noite, e a noite
começava em Marrocos. (N. T.)

CANTO V

Prosseguindo os dois Poetas a sua viagem, encontram uma multidão de almas que se aproximam deles, depois de ter percebido que Dante é vivo. São espíritos de pessoas que saíram da vida por morte violenta, mas no fim se arrependeram e perdoaram a seus inimigos.

Os passos do meu Guia acompanhando,
Dessas almas um pouco era distante,
Quando uma, atrás de nós, o dedo alçando,

"Vede! A luz", exclamou, "não brilhante
À sestra do que vai mais demorado;
Pelo meneio a um vivo é semelhante".

Olhos volvi daquela voz ao brado,
E as vi notar, de maravilha cheias,
Como eu, andando, a sombra tinha ao lado.

"Por que tanto, ó meu filho, assim te enleias?",
Disse o Mestre. "Por que deténs o passo?
Acaso o murmurar daqui receias?

Segue-me: a vozes vãs ouvido escasso!
Qual torre, inabalável sê, dos ventos
À fúria opondo válido embaraço;

A Divina Comédia - Purgatório

Quem firmeza não tem nos pensamentos,
Do fim se aparta, a que alma se endereça
E, assim, malogra, instável, seus intentos."

"Sigo-te!", ao Mestre meu tornei depressa.
Cumpria assim falar; meu voto incende
O rubor, que ao perdão a falta apressa.

Entanto por atalho a costa ascende
Adiante de nós turba cantando
Devota *Miserere*[26], e ao cimo tende.

Ao ver que estava o corpo meu vedando
Dos luminosos raios a passagem
O canto suspendeu, rouco "Oh!" soltando.

E dois dos seus em forma de mensagem
Correndo contra nós assim falaram:
"Quem sois, que assim fazeis esta viagem?"

Disse Virgílio: "Aos que vos enviaram
Tornai que ao corpo do homem que estais vendo
Vitais alentos inda não deixaram.

Se os passos, como cuido, estão detendo,
Por ver-lhe a sombra, a causa é conhecida;
Terão proveito, as honras lhe fazendo".

Mais prontos que os vapores à descida
Da noite, o ar sereno aluminando,
Ou névoa, ao pôr do Sol, do céu varrida,

---

26 O salmo que começa com essa palavra. (N. T.)

Partem, à grei de novo se ajuntando;
Como esquadrão, que corre à desfilada,
Voltam todos, a nós se arremessando.

"Ao nosso encontro vem turba avultada;
Pretensões todos têm", disse-me o Guia.
"Andando, os ouve; não convém parada.

"Ó alma, que do céu vais à alegria
No próprio corpo, em que feliz nasceste,
Demora o passo um pouco", a grei dizia,

"De entre nós vê se alguém reconheceste
Para ao mundo levares a notícia;
Por que deter-te ainda não quiseste?

Morte a todos causou cruel nequícia;
Pecamos sempre até que à final hora
Do céu a luz se nos mostrou propícia.

Assim, contritos, perdoando, fora
Fomos da vida, a paz com Deus já feita;
De o ver desejo nos acende agora."

"A feição vossa", eu disse, "é tão desfeita,
Que nenhum reconheço; mas, se acaso
Ser útil posso no que a vós respeita,

Pela paz, a servir-vos já me emprazo,
Que busco, deste sábio acompanhado,
De mundo em mundo, no mais breve prazo".

A Divina Comédia – Purgatório

"Cada qual", me tornou, "está confiado
Em ti, mister não há teu juramento,
Se não faltar poder ao teu bom grado.

Aos outros me antecipo: ao rogo atento,
Tu se fores à terra que demora
Entre a Romanha e a que é de Carlo assento[27],

Aos meus em Fano compassivo exora
Que com preces sufraguem-me piedosos
Para o mal expurgar que fiz outrora.

Nasci lá, sofri[28] golpes espantosos,
Que a existência cortaram-me tão cara,
De Antenórios[29] nos planos pantanosos,

Onde o funesto fim nunca esperara.
Assim o quis do Marquês de Este a ira,
Que o exício meu injusto aparelhara.

Ah! se, fugindo, me acolhesse a Mira
Quando alcançou-me de Oriais perto,
Eu fora inda hoje aonde se respira.

Mas, correndo ao paul, sem rumo certo,
Caí, no ceno e juncos enleado:
De sangue um lago fez meu peito aberto".

---

27 A Marca de Ancona. (N. T.)

28 Quem fala é Jacopo de Cassero, de Fano, que foi assassinado pelos sicários do Marquês Azzo III d'Este, quando se dirigia a Milão, em 1298. (N. T.)

29 Território de Pádua (cidade que se diz fundada por Antenor). (N. T.)

DANTE ALIGHIERI

"Se for", outro então disse, "executado
Desejo que te impele ao alto monte,
Sê por mim de piedade impressionado.

De Monte feltro fui e fui Buonconte[30];
De mim Joana[31], e ninguém mais, não cura;
Entre todos por isso abaixo a fronte".

"Que força", respondi, "que má ventura
Tão longe te arrastou de Campaldino,
Que se ignora onde tens a sepultura?"

"Oh!", replicou-me, "Ao pé de Casentino
Um rio passa que se chama Arquiano,
Nascido lá sobre o Ermo[32], no Apenino.

De dor lá onde o perde o nome, insano,
Cheguei: ao pé fugia, e, traspassado,
O colo meu ensanguentava o plano.

Da vista e fala ao ser desamparado,
No suspiro final bradei 'Maria!'
E o corpo meu tombou, da alma deixado.

Direi verdade: aos vivos o anuncia.
De Deus anjo tomando-me, o do inferno
'Servo do Céu, mo tomas', lhe bramia.

---

30 Buonconte de Montefeltro, filho de Guido (Inf. XXVII), capitão gibelino, morreu na batalha
de Campaldino. (N. T.)

31 Esposa de Buonconte. (N. T.)

32 Ermo de Camaldoli. (N. T.)

A Divina Comédia – Purgatório

Dele me usurpas o princípio eterno
Por uma tênue lágrima fingida;
Mas do seu corpo cabe-me o governo".

Bem sabes que nos ares recolhida
Vaporosa umidade em chuva desce,
Quando é do frio às regiões subida.

Como quem com maldade o engenho tece,
Névoas e vento acumulava, usando
Da pujança infernal que lhe obedece.

Depois, o dia terminado estando,
Do Pratomagno à serra, o vale envolve
Em treva, ao céu a abóbada enlutando.

Túmido o ar, em catadupas volve,
E a água que na terra não se entranha,
Espumosa em torrentes se revolve.

Veloz os álveos aos arroios ganha,
E para o régio rio[33] se arrojando,
Os óbices abate, que se assanha.

Junto à foz meu cadáver encontrando
Levanta-o Arquiano impetuoso
Ao Arno o impele, os braços desligando

Da cruz que fiz no transe doloroso.
Por fundo e margens rola-o, sepultado
Na areia o deixa, que arrastara iroso".

---

33   O rio Arno. (N. T.)

Dante Alighieri

"Ah! quando à luz do mundo hajas tornado,
Quando repouses da jornada extensa",
Foi por terceiro espírito impetrado:

De Pia[34] recordando-te, em mim pensa;
Siena fizera o que desfez Marema.
Sabe-o quem me esposara e em recompensa

No dedo pôs-me anel com rica gema."

---

34 Pia del Guastelloni. Casada com um gentil-homem da família Tolomei, ficou viúva e casou
novamente com Nello Pannocchieschi, que a fez matar, talvez desconfiado da sua fidelidade, num
castelo da Marema, em 1295. (N. T.)

CANTO VI

Dante promete às almas que a eles se recomendaram que não se esquecerá delas quando voltar ao mundo dos vivos. Os dois Poetas encontram o poeta Sordello, o qual, ao ouvir o nome da sua pátria, Mântua, abraça o mantuano Virgílio. Esse episódio move Dante a uma violenta invectiva contra as divisões e as guerras internas que devastam a Itália.

Quando o jogo da *zara*[35] é terminado,
Na amargura, o que perde, só ficando,
Os bons lances ensaia contristado.

A turba o vencedor acompanhando,
Qual vai diante qual por trás o prende,
Ao lado qual se está recomendando:

A este e àquele sem deter-se atende;
O que lhe alcança a mão parte se apressa;
De importunos desta arte se defende.

Cerca-me assim a multidão espessa,
Ora a uns ora a outros me volvendo,
De cada qual me livro por promessa.

---

35 Jogo de dados. (N. T.)

Dante Alighieri

O Aretino[36] aqui 'stava: golpe horrendo,
De Ghin Tacco por mau, cortou-lhe a vida,
E o que na fuga se afogou[37], horrendo.

Aqui rogou-me em súplica sentida,
Frederico Novello[38] e esse Pisano
Por quem Mazucco ação fez tão subida.

Vi o Conde Orso[39] e aquele que o seu dano
Mortal, pelo ódio e inveja, recebera,
Como dizia, não por feito insano.

Aludo a Pedro Brosse[40]. A que ora impera,
Do Brabante, se apressa a ter cautela,
Senão, da grei maldita a estância a espera.

Quando enfim, pude me esquivar àquela
Turba, que preces sôfrega pedia
Para a entrada apressar na mansão bela,

"Em texto expresso[41]", eu disse, "ó douto Guia,
Do teu livro afirmaste que a vontade
Do céu por orações não se movia.

---

36   O juiz Benincasa de Laterina, que foi assassinado pelo famoso bandoleiro Ghino del Tacco. (N. T.)

37   Guccio Tarlati, de Pietramala, morreu afogado no Arno, perseguindo os inimigos derrotados numa batalha. (N. T.)

38   Frederico Noveilo, morto ao socorrer os Tarlati de Pietramala. Esse Pisano: Farinata degli Scornegiani, morto a traição. Seu pai, Mazucco, que se fizera frade, perdoou ao assassino do filho. (N. T.)

39   Conde Orso degli Alberti, assassinado por um seu primo. (N. T.)

40   Pedro Brosse, médico de Filipe III de França, enforcado sob falsas acusações. (N. T.)

41   Virgílio, na *Eneida* (livro VI), negou que pudessem modificar-se os decretos do Céu. (N. T.)

A Divina Comédia – Purgatório

Mas pede-as essa grei com ansiedade:
Seria acaso vã sua esperança?
Ou compreender não pude essa verdade?”

“Seu sentido a tua mente”, disse, “alcança;
Por vã essa esperança não falece;
Quanto é certa a razão nô-lo afiança:

A Justiça do céu não desfalece,
Porque flama de amor num só momento
O devedor redime, que padece.

Lá onde expus aquele pensamento
Não podia oração[42] solver pecado,
Pois distante de Deus estava o intento.

Porém neste problema sublimado
À mente por que há suma ciência
Te será puro lume revelado.

Por quem? Por Beatriz. A continência
Feliz ridente lhe verás, ao viso
Quando houveres subido da eminência”.

Tornei: “Andar mais presto ora é preciso;
Como de antes, não sinto mor fadiga,
E da montanha a sombra já diviso”.

“Como podemos, é mister prossiga
O passo, enquanto o dia não se finda;
Mas te engana o desejo que te instiga.

---

42 A prece só foi aceita depois do advento do Cristianismo. (N. T.)

Antes do cimo aguardarás a vinda
Desse astro oculto agora pela encosta;
Não refranges os raios seus ainda.

Aquela sombra vê, de parte posta,
Que, em soledade, atenta nos esguarda:
A vereda dirá melhor disposta".

Chegamo-nos. Ó nobre alma lombarda,
Como estavas altiva e desdenhosa.
Dos olhos no meneio grave e tarda!

Ela em nós encarou silenciosa,
Mas deixava-nos vir, nos observando,
Qual leão no repouso, majestosa.

Virgílio apropinquou-se, lhe rogando
Nos mostrasse a mais cômoda subida:
Respondeu-lhe, somente perguntando

Qual fora a pátria nossa e a nossa vida.
A falar o meu Guia começava:
Em Mântua; quando a sombra, comovida,

A ele se enviou donde se achava,
"Sordello[43] sou", dizendo, "em Mântua amada
Nasci também". – E amplexo os estreitava.

Ah! serva Itália, da aflição morada!
Nau sem piloto em pego tormentoso!
Rainha outrora em lupanar tornada!

---

43 Sordello de Visconti, de Mântua, poeta, jurisconsulto e guerreiro do século XIII. (N. T.)

A Divina Comédia – Purgatório

Esse espírito nobre e deleitoso
Nome escutando só da doce terra,
Logo o patrício acolhe carinhoso:

Os vivos raivam no teu solo em guerra;
Se encarniça um no outro ferozmente
Os que um só muro, uma só cava encerra.

Busca, ó mísera Itália, diligente
No mantimo teu, busca em teu seio:
Onde acha paz a tua infausta gente?

Justiniano[44] em vão te ajeitar veio
A brida; a sela fica abandonada:
Maior vergonha te há causado o freio.

Ah! Cúria! Aos teus deveres dedicada
Deixar-te cumpre a César todo o mundo,
Como a lei quer por Cristo decretada!

Vê como, aos maus instintos se entregando
Ira-se a fera por faltar-lhe espora,
Depois que inábil mão 'stá governando.

Alberto de Germânia[45]! Atente agora
Que é tornada indômita e bravia:
Cavalgado a deveras ter outrora!

Do céu justo castigo deveria
Os teus ferir – tão novo e tão sabido,
Que espante o sucessor da monarquia!

---

44 Justiniano foi quem consolidou a legislação romana. (N. T.)
45 Alberto I, filho do imperador Rodolfo, eleito em 1296. (N. T.)

Dante Alighieri

Tu e o teu genitor heis consentido,
Distantes, por cobiça, em terra estranha,
Que do Império o jardim 'steja esquecido.

Vê, descuidoso, na aflição tamanha,
Capelletti e Montecchi[46] entristecidos.
Monaldi e Filippeschi[47], alvo de sanha.

Vem, cruel, ver fiéis teus suprimidos:
De tanto opróbrio seu toma vingança.
Vê como em Santaflor[48] estão regidos!

Vem ver tua Roma! De carpir não cansa!
Viúva e só a todo o instante clama:
Vem, César! Vem! Não mates minha esp'rança!

Vem ver como a si próprio o povo se ama!
E se por nós piedade não te move,
Mova-te o zelo pela tua fama!

Se me é dado dizer, Supremo Jove[49],
Dos homens por amor sacrificado,
Mal tanto a nos olhar não te comove?

Ou tens ao nosso mal aparelhado,
Lá dos conselhos teus no abismo imenso,
Algum bem, ao saber nosso vedado?

---

46 Famílias de Verona. (N. T.)
47 Famílias de Orvieto. (N. T.)
48 Feudo imperial nas vizinhanças de Siena. (N. T.)
49 Jesus Cristo. (N. T.)

A Divina Comédia – Purgatório

As cidades de Itália um tropel denso
De tiranos subjuga e, qual Marcelo[50]
Se aclama o faccioso, à pátria infenso.

Hás de, Florença minha, haver por belo
Este episódio a ti não referente,
Mercê do povo teu, de outros modelo.

Muitos, justiça tendo em peito e mente,
Por desfechar seu arco ensejo aguardam:
Teu povo a tem nos lábios permanente.

Muitos de encargos públicos se guardam;
Mas teu povo solícito se oferece,
Gritando: Pronto estou! Em darmos tardam!"

Exulta! A causa o mundo bem conhece:
Tens prudência, tens paz, possuis riqueza.
Falo a verdade, e o efeito transparece.

Atenas, 'Sparta, que a tão suma alteza
Por leis e instituições se sublimaram,
Sem governo viveram na incerteza,

Se, Florença, contigo se comparam,
Que em novembro tens visto revogadas
Leis sutis, que em outubro se forjaram.

Quantas vezes hão sido transformadas,
Em breve tempo, lei, moeda, usança?
Quantas índoles e forma renovadas?

---

50 Cláudio Marcelo, o adversário de Júlio César. (N. T.)

DANTE ALIGHIERI

Se vês ao claro e tens viva a lembrança,
Ao enfermo hás de achar que és semelhante,
Que, no leito jazendo, não descansa;

Em vão se agita, a dor vai por diante.

CANTO VII

Sordello, ao saber que aquele que abraçou é Virgílio, lhe faz novas e ainda maiores demonstrações de afeto. O Sol está próximo ao ocaso e ao Purgatório não se pode subir à noite. Guiados por Sordello, os dois Poetas param num vale, onde residem os espíritos de personagens que no mundo desfrutaram de grande consideração e que somente no fim da vida elevaram o seu pensamento a Deus.

De doce afeto as mútuas mostras sendo
Por três ou quatro vezes reiterado
"Quem sois?", se retraiu Sordel dizendo.

"Tinha Otávio[51] os meus ossos sepultado
Já quando a este monte se elevaram
Almas que ao bem havia Deus chamado.

Virgílio sou: do céu não me afastaram
Pecados; me faltava a fé somente".
Do meu Guia estas vozes lhe tornaram.

Como quem ante si vê de repente
Maravilha: ora crê, ora duvida,
E diz: "É certo ou minha vista mente?"

---

51 O imperador Augusto. (N. T.)

Assim essa alma dobra a frente erguida
Humildemente, ao Vate se avizinha
E lhe abraça os joelhos comovida.

"Ó glória dos Latinos!", disse asinha,
"Que ergueste a língua nossa a tanta altura!
Honra eterna da amada pátria minha!

De ver-te o que me dá graça e ventura?
Dize, se digno de te ouvir hei sido,
De qual círculo vens da estância escura".

"Tenho aqui", Virgílio diz, "subido,
Do triste reino os círc'los visitando,
Sou do céu por virtude conduzido.

Não por fazer, mas de fazer deixando,
Ver o Sol, que desejas, me é vedado:
Conheci-o já tarde – ai miserando!

Lá embaixo um lugar foi destinado
Não a martírio, à treva onde há somente
Suspiros, não gemer de angustiado.

Ali 'stou eu, no meio da inocente
Grei, que a morte cruel mordeu, enquanto
Da culpa humana inda era dependente.

Com aqueles estou eu, em quem seu manto
Três celestes virtudes não lançaram,
Lhes dando à vista o mais suave encanto.

A Divina Comédia – Purgatório

Mas sabes se veredas se deparam
Que ao Purgatório a entrada facilitem?
Os indícios nos diz, se te constaram".

Tornou: "Lugar não há, que almas habitem
Aqui; na direção vou, que me agrada;
Guiarei quanto os passos me permitem.

Mas vê: declina o dia; na jornada,
Que fazeis, caminhar a noite veda:
Busquemos sítio a cômoda pousada.

À destra e à parte multidão está queda:
Iremos até lá, se acaso o queres,
Talvez te seja a sua vida leda".

E o Mestre: "Como? Pelo que proferes,
Impossível será subir sem dia?
Ou a alguém, que o proíba, te referes?"

Com seu dedo Sordel linha fazia
No chão e disse: "Além ninguém passara
Se, ausente o Sol, a noite principia.

Mas óbice qualquer não deparara
Quem caminhar, subindo, pretendesse:
Para tolhê-lo a noite já bastara.

Bem pudera baixar, se lhe aprouvesse,
Pelo declive em volta da montanha:
Enquanto o Sol sob o horizonte desce".

DANTE ALIGHIERI

Torna Virgílio, então, que ouvindo estranha:
"Ao lugar, que nos dizes, pois, nos guia,
Onde a demora o júbilo acompanha".

Pouco longe dali notei que havia
Depressão na montanha, semelhante
À que na terra um vale formaria.

"Iremos", disse a sombra, "um pouco avante
'Té onde a encosta encurva, se escavando:
De lá voltar vereis a luz brilhante".

Entre a escarpa e o plano se inclinando
Trilha ao vale conduz obliquamente,
O pendor mais que ao meio, se adoçando.

Prata, alvaiade, grão, ouro fulgente,
Índico lenho límpido e lustroso,
Pura esmeralda, ao lapidar, luzente,

Por flores e ervas desse val formoso
Se achariam na cor escurecidos
Como cede o mais fraco ao mais forçoso.

Aos donosos males espargidos
Mil suaves aromas se ajuntavam,
Em peregrino muito reunidos.

Sobre a relva entre as flores entoavam
Salve Regina, as almas, que da vista
Externa no recinto se ocultavam.

A Divina Comédia – Purgatório

"Do Sol enquanto a luz inda persista",
O Mantuano disse, que nos guia,
"Ir não queiras à grei que de nós dista.

Gestos e vultos seus conheceria
Qualquer de vós daqui mais claramente
Do que, de perto os vendo, o poderia.

O que parece, aos outros, eminente.
Da quebra em seus deveres pesaroso
E a geral melodia ouve silente,

É Rodolfo[52] que fora poderoso.
Conta o mal que já tem a Itália morta:
Quem[53] lhe dará porvir esperançoso?

O que com seu semblante ora o conforta
Governava esse reino[54] onde a água brota,
Que o Molta ao Álbia, o Álbia ao mar transporta.

É Otocar[55]: na infância melhor nota
Teve que o filho, Venceslau barbudo,
Na luxúria e preguiça a vida esgota.

Morrendo, o que não tem nariz agudo[56]
E fala a esse outro[57] de beni'no aspeito,
Deixou dos lizes deslustrado o escudo.

---

52 Rodolfo, de Habsburgo, imperador de 1273 a 1291. (N. T.)

53 O imperador Henrique VII, que tentou pôr ordem na Itália. (N. T.)

54 A Boêmia, onde nasce o rio Moldava (Molta), que desemboca no Elba (Albia). (N. T.)

55 Otocar II, adversário de Rodolfo, foi de melhor índole que seu filho Venceslau. (N. T.)

56 Filipe III de França, pai de Filipe, o Belo, e de Carlos de Valois. (N. T.)

57 Henrique I de Navarra, sogro de Filipe, o Belo, e pai de Joana I. (N. T.)

DANTE ALIGHIERI

Atentai: como bate ele no peito!
Vede aquele que ao ar suspiros lança
Da mão fazendo à sua face um leito.

Sogro e pai do flagelo são da França[58];
Cientes do viver seu vergonhoso,
Dor 'stão sentindo, que ora não descansa.

Esse membrudo[59], que o cantar piedoso
Segue do que nariz tem desmarcado[60],
Das virtudes no culto foi zeloso.

Se o mancebo[61], ora atrás dele assentado,
Ao trono sucedera-lhe, subira
Valor de um Rei por outro fora herdado.

Dos maus herdeiros qual pôs nisso a mira?
Jaime Frederico havendo o reino tido,
Nenhum a melhor parte possuíra.

Rara vez tem nas ramas ressurgido
Primor alto da estirpe; assim o ordena
Aquele, a quem ser deve o bem pedido.

---

58   Filipe, o Belo. (N. T.)

59   Pedro III de Aragão, que, depois da revolução das Vésperas, conquistou a Sicília. (N. T.)

60   Carlos I de Anjou, que, vencendo Manfredo, conquistou a Sicília. (N. T.)

61   Afonso III, primogênito de Pedro de Aragão, que morreu moço, foi melhor príncipe do que os seus sucessores, Jaime II no reino de Aragão e Frederico na Sicília. (N. T.)

A Divina Comédia – Purgatório

Ao narigudo aplicação tem plena
Meu dito e a Pedro, que ao seu lado canta:
Apúlia com Provença[62], geme e pena.

Tanto ao seu fruto excede em preço a planta[63],
Quanto, mais que Beatriz e Margarida,
Constança ações do esposo seu decanta.

Ali vedes o Rei de simples vida
Sentado à parte, Henrique de Inglaterra[64]:
Teve este em ramos seus melhor saída.

Mais abaixo notai sentado em terra
Marquês Guilherme e para o alto olhando,
Por quem, sofrendo Alexandria guerra,

Montferrat, Canavese estão chorando".

---

62 Os reinos de Provença e de Nápoles lamentam a morte de Carlos I, pois são mal governados pelo seu sucessor Carlos II. (N. T.)

63 Tão inferior é Carlo II de Anjou a Carlos I quanto este foi inferior a Pedro III. (N.T.)

64 Henrique III, da Inglaterra, o qual teve um bom sucessor na pessoa de Eduardo I. (N. T.)

CANTO VIII

No começo da noite dois anjos descem do Céu para expelir a serpe maligna que quer entrar no vale. Entre as sombras que se aproximam dos Poetas, Dante reconhece Nino Visconti, de Pisa. Conrado Malaspina pede a Dante notícias de Lunigiana, sua pátria; Dante responde elogiando a sua família.

Era o tempo[65], em que mais saudade sente
Do navegante o coração no dia
Do adeus a amigos, que relembra ausente;

E ao novel peregrino amor crucia,
Distante a voz do campanário ouvindo,
Que ao dia a morte, flébil, denuncia.

Não mais ouvia os olhos dirigindo
Perto um espírito vi que levantado,
Acenava, que ouvissem-no pedindo.

E, havendo as duas mãos juntas alçado,
Parecia, olhos fitos no Oriente,
A Deus dizer: És todo o meu cuidado!

---

65 Começava a cair a noite. (N. T.)

A Divina Comédia – Purgatório

Te lucis[66] entoou devotamente
Com tão suave, tão piedoso canto,
Que me enlevava em êxtase a mente.

Com igual devoção e igual encanto,
Nas supernas esferas engolfados,
Repetiram os outros o hino santo.

Leitor[67], tem da alma os olhos afiados
Para os véus da verdade penetrares:
Fácil é, tão sutis são, tão delgados.

A nobre turba, após os seus cantares,
Calou-se; então notei que, como à espera,
Pálida e humilde a vista erguia aos ares.

E vi sair descendo, da alta esfera
Anjos dois, empunhando flamejantes
Gládios a que truncada a ponta era.

Verdes quais folhas novas vicejantes
As vestes suas são, as agitando
As plumas das suas asas viridantes.

Um acima de nós se colocando,
Baixara o outro sobre o lado oposto,
Desta arte as almas de permeio estando.

A flava coma via-lhes: seu rosto
Contemplar impossível me seria:
Confunde a vista o lúcido composto.

---

66 Começo de um hino da Igreja. (N. T.)
67 O Poeta adverte que, além do sentido literal, o que vai dizer tem um sentido alegórico. (N. T.)

Dante Alighieri

"Do sólio ambos descendem de Maria",
Sordelo diz, "a do vale por amparo,
Onde a serpente vai chegar ímpia".

Por onde ela viesse estando ignaro
Em torno olhei e, do terror tomado,
Busquei refúgio ao pé do amigo caro.

Sordel prossegue: "É de falar chegado
Àqueles grandes 'spíritos o instante:
Ledos serão de ver-vos ao seu lado".

Para baixar ao val me foi bastante
Três passos dar: um 'spírito fitava
Perscrutadora vista em meu semblante.

Já de sombras o ar se carregava;
Mas aos seus e aos meus olhos embaraço
Não era para ver-se o que ali 'stava.

A mim vem, eu para ele aperto o passo:
"Nino exímio juiz[68] quanto me agrada
Ver-te liberto do infernal regaço!"

De afeto após a mostra reiterada,
Inquiriu: "Por longínquas águas quando
Chegaste ao pé da altura alcantilada?"

"Oh!", lhe tornei, "esta manhã, passando
Pela triste mansão: ainda a vida
Primeira gozo e a outra vou buscando".

---

68   Ugolino Visconti, juiz de Galura, na Sardenha. (N. T.)

A Divina Comédia - Purgatório

Mal fora esta resposta proferida,
Nino e Sordel, de pasmo, recuaram;
Como se fora maravilha ouvida.

Ao Vate este volveu-se; e se escutaram
Vozes de Nino a outro: "Vem, Conrado[69]",
De Deus ver o que as leis determinaram!

"Por essa gratidão", a mim voltado
Disse, "que ao Ente deves invisível,
Cuja ação compreender nos é vedado.

Te imploro que, em passando o mar temível,
Digas à filha minha[70] que suplique
Por mim: Deus à inocência é tão sensível!

Não creio que em prol meu a mãe[71] se aplique
Depois que os brancos véus trocou demente:
Dor terá infeliz! – que mortifique.

Se conhece, por ela, facilmente
Quanto em mulher de amor fogo perdura
Se o caminho falece e o olhar frequente.

Não lhe fará tão bela sepultura
A víbora[72] com que Milão se ostenta,
Como a fizera o galo de Galura".

---

69 Conrado Malaspina, marquês de Lunigiana. (N. T.)

70 Joana, filha de Nino. (N. T.)

71 Beatriz d'Este, viúva de Nino, desposara em segundas núpcias a Galeazzo Visconti. (N. T.)

72 Brasão da família Visconti. (N. T.)

Assim dizia Nino. Ainda o alenta
O justo zelo, que traduz no rosto,
Que brando ardendo, o ânimo aviventa.

Ávido os olhos tinha eu no céu posto,
À parte em que os luzeiros são mais lentos,
Qual roda onde o seu eixo está disposto.

E o Mestre: "Os olhos ao que tens atentos?"
Respondi-lhe: "Aos três astros luminosos,
Que o polo acendem, célicos portentos".

"As quatro estrelas estrelas", me tornou, "formosas,
Que por manhã já vimos, se ocultaram.
Aí mesmo estas surgem fulgurosas".

Sordel, quando estas vozes me voaram,
O tira a si dizendo: "eis o inimigo!"
Os olhos o seu dedo acompanharam.

Do val na parte exposta ver consigo
Uma serpe, que a rastos coleava:
Talvez o pomo deu, de Eva perigo.

Entre as ervas e flores avançava,
A um lado e a outro a fronte volteando;
Lambendo o dorso, a língua dilatava.

Não pude ver como ao réptil nefando
Os celestes açores se enviaram;
Mas atônito os vi ambos pairando.

A Divina Comédia – Purgatório

O sussurro que as asas no ar formaram,
Em sentido, fugiu presto a serpente:
Os anjos logo aos postos seus tornaram.

A sombra, que viera incontinenti
Do juízo ao chamado enquanto o assalto
Durou, me estava olhando atentamente

"Tenha o fanal, que te conduz ao alto
No teu desejo válido alimento!
De luz para subir não sejas falto!

Mas se houveste", me diz, "conhecimento
De Valdimagra ou terra que confina,
Declara: eu de poder lá tive aumento.

Chamado fui Conrado Malaspina;
Não o antigo[73], porém seu descendente:
Amor, que tive aos meus aqui se afina".

"Lá não fui", respondi-lhe reverente,
"Mas da Europa em que parte a excelsa fama
Dos feitos vossos não tem eco ingente?

A glória que o solar vosso proclama,
Honra o domínio, honra os seus senhores
Quem nunca os viu louvores seus aclama.

Juro, e tão certo eu veja os esplendores
Do céu, que a vossa raça guarda intatos
Da opulência e bravura altos primores.

---

73   O avô de Conrado Malaspina, do mesmo nome. (N. T.)

Por sua índole egrégia, por seus atos,
Enquanto ao mundo um chefe mau transvia,
Só ela segue o bem e o prova em fatos".

"Vai!", disse, "Antes que o belo astro do dia
Sete vezes penetre nesse espaço,
Que o Áries cobre na celeste via,

Tão boa opinião com fundo traço[74]
Melhor será na tua fronte impressa
Do que de outro por voz a cada passo,

Se do Sumo Querer ordem não cessa".

---

74 Em 1306, Dante teve boa acolhida nos Castelos dos Malaspina, em Lunigiana. (N. T.)

CANTO IX

Ao despontar do novo dia Dante adormece e, no sono, é transportado por Luzia até a Porta do Purgatório. Aproximam-se da entrada e aqui um anjo abre-lhes a porta, depois de ter gravado na testa de Dante sete PP[75].

Já clareava de Titão antigo[76]
A concubina as fímbrias do oriente,
Deixando os braços do seu doce amigo;

Era-lhe a fronte de astros refulgente,
Figura do animal frio[77] formando,
Que vibra a cauda contra a humana gente.

No lugar, em que estávamos, se alçando
Dos passos seus havia a Noite andado,
E o terceiro ia as asas inclinando,

Quando eu, tendo o que Adam nos há legado,
De sono sobre a relva fui vencido,
Lá onde junto aos quatro era sentado.

---

75 Os sete pecados mortais. (N. E.)
76 A concubina do velho Titão é a aurora. (N. T.)
77 Talvez a constelação dos Peixes ou a do Escorpião. (N. T.)

Antemanhã, na hora, em que gemido
Triste a andorinha a soluçar começa,
Talvez na antiga dor pondo o sentido;

Já não 'stando da carne mais opressa
A mente e livre do pensar terreno,
Quase divina por visões pareça,

Pairar sonhei que via no ar sereno
De áureas plumas uma águia, que mostrava
Querer baixar, das asas pelo aceno.

Estar eu na montanha imaginava,
Onde os seus Ganimede abandonara[78]
Alado à corte excelsa, que o esperava.

E eu pensava: talvez esta ave rara,
Caçar aqui soindo, a nédia preia
Fazer noutros lugares desdenhara;

A traçar giros vários avistei-a:
Eis, terrível, qual raio, a mim se envia,
E lá do fogo à região me alteia.

Esta águia, então julguei, comigo ardia
Tanto, que foi o sonho meu quebrado
Pelo fingido incêndio, que eu sentia.

---

78 Quando Júpiter o fez raptar para servir de copeiro aos deuses, no Olimpo. (N. T.)

A Divina Comédia - Purgatório

Como, acordando, Aquiles espantado[79]
Ficou por não saber onde se achava
No lugar aos seus olhos devassado,

Quando a mãe que a Quíron o arrebatava,
O transportou a Sciro adormecido,
Donde astúcia depois lho retirava:

Assim fiquei ao ser desvanecido
Das pálpebras o sono, semelhante
A quem desmaia em cor de horror transido.

Junto a mim eu só vi naquele instante
Virgílio; o Sol duas horas já media;
Ao mar tinha eu voltado inda o semblante.

"Não teme!", estas palavras proferia",
"Sê tranquilo, o bom porto não mais dista,
Alarga o coração, não entibia;

O Purgatório já daqui se avista.
Onde a rocha é fendida está a entrada,
A rocha o cinge e tolhe o aspeto à vista.

Ao romper da alva ao dia antecipada,
Quando no vale em sono eras jazendo
Sobre a ervinha de flores esmaltada,

Eis mostrou-se uma Dama nos dizendo:
'Sou Luzia[80]; pois dorme, vou trazê-lo,
Leve assim a jornada lhe fazendo'.

---

79   Tétis, mãe de Aquiles, transportou-o para a ilha de Sciro, de onde os gregos Ulisses e
Diômedes o conduziram à guerra de Troia. (N. T.)

80   Santa Luzia. (N. T.)

Ficando as nobres almas com Sordelo,
Tomou-te; e como já raiasse o dia
Subiu: seguiu seus passos, com desvelo

Depôs-te; e por seus olhos me dizia
Que próxima ali estava a entrada aberta.
Ela se foi e o sono te fugia".

Como quem estando em dúvida, se acerta,
Converte o seu temor em confiança,
Logo em sendo a verdade descoberta:

Assim me achei mudado. Ele que alcança
Que esforçado já estou, vai por diante
Pela altura; o meu passo após avança.

Vês, leitor, que assunto altissonante
Se faz; e não estranhes se mais arte
Mor lustre lhe acrescenta de ora avante.

Acercamo-nos, pois, da rocha à parte,
Onde eu antes rotura divisava
Como em muralha fenda que reparte;

Ora uma porta e degraus três notava
Para entrar, cada qual de cor diferente,
E um porteiro que tácito ficava.

E, de mais perto olhando, claramente
No mais alto degrau o vi sentado:
Ofuscava-me a face refulgente.

A DIVINA COMÉDIA – PURGATÓRIO

Na destra um gládio eu tinha empunhado,
que tão vivos lampejos refletia,
Que em vão fitava os olhos deslumbrado.

"Parai e "respondei-me", principia,
"Que intentais? Quem vos guia na jornada?
Efeitos não temeis dessa ousadia?"

"Dama do céu, de tudo isso inteirada",
Falou Virgílio, "disse-nos: 'Avante!
Não longe fica a porta desejada'".

"Seja ela aos vossos passos luz brilhante",
Logo benigno o anjo nos tornava'
"Aos degraus nossos vinde por diante".

Chegamos: o degrau primeiro estava
De alvo mármore tão terso, tão polido,
Que a minha imagem nele se espelhava.

Era escuro o segundo e não brunido,
Tosca pedra o formava e calcinada;
Ao longo a via e de través fendido.

De pórfiro o terceiro e carregada
Tinha a cor de vermelho flamejante,
Qual sangue, que da veia flui rasgada.

Neste firmava o anjo rutilante
Os pés, ao limiar sentado estando,
Que ser me pareceu de um só diamante.

Tirado por Virgílio vou-me alçando
Jubiloso. Ele disse "Humildemente
Requer, que te abra a porta deprecando".

Aos sacros pés dobrei devoto a frente;
Misericórdia, vezes três batendo
Nos peitos, para abrir pedi fervente.

Da espada a ponta sete PP me havendo
Na testa aberto, disse o anjo: "Lava
Lá dentro estes sinais te arrependendo".

Chaves duas tomou quando acabava,
De sob as vestes, onde a cor, atento
De terra seca eu cinzas observava.

Uma era de ouro, a outra era de argento.
Primeiro a branca, após a flava aplica
À porta: foi completo o meu contento.

"Se emperrada das duas uma fica
E não dá volta", disse, "à fechadura,
Isto entrada defesa significa.

Se mais preço um tem, noutra se apura
Mais arte para abrir e mais engenho,
Das molas cede-lhe a prisão mais dura.

Mandou Pedro de quem as chaves tenho
Que em abri-la antes erre que em cerrá-la
Aos que a exoram com ardente empenho".

A Divina Comédia – Purgatório

Tocando a santa entrada, ainda nos fala:
"Penetrai; mas, de agora, vos previno,
Quem olha para trás pra fora abala".

Os portões já se movem do divino
Recinto, e os espigões, rangendo, giram
Nos gonzos de metal sonoro e fino:

Quando, vãos de Metelo os esforços, viram
Roubado o erário, com estrondo tanto
As portas de Tarpeia[81] não se abriram.

Aos rumores atento, doce canto –
'*Te Deum laudamus*[82]' escutar julgava,
De conceitos unido ao meigo encanto.

Ouvindo, em mim a sensação calava,
Que a voz bem modulada nos motiva,
Quando com ternos sons de órgão se trava;

Que uma voz emudece, outra se esquiva.

---

81   As portas do Purgatório abriram-se com mais estrondo do que as portas da rocha Tarpeia, quando, apesar da resistência de Cecílio Metelo, Júlio César as abriu para apossar-se do dinheiro público. (N. T.)

82   "A ti, ó Deus, louvamos" : Tradicionalmente, a autoria do hino é atribuída a Santo Ambrósio e a Santo Agostinho, na ocasião do batismo deste último pelo primeiro na catedral de Milão, no ano 387. (N. E.)

CANTO X

Os dois Poetas sobem ao primeiro compartimento do Purgatório, cuja escarpa é de mármore, no qual estão esculpidos vários episódios de humildade. Eles os observam e, no entanto, veem na direção deles várias almas curvadas sob o peso de grandes pedras. São as almas dos que no mundo foram soberbos.

Passado estando o limiar da porta,
Das paixões pelo excesso desusada,
Que reta faz supor a estrada torta,

Pelo estrondo senti que era cerrada.
Se atrás volvesse os olhos, qual seria
A desculpa da falta perpetrada?

Subíamos por fenda que se abria
Na rocha, a um lado e ao outro serpeando,
Qual onda, que ora acerca, ora desvia.

"Aqui ser destro cumpre, acompanhando",
Disse o Mestre, "o caminho árduo, fragoso,
Que as sinuosas voltas vai formando".

A Divina Comédia - Purgatório

A passo íamos, pois, tão vagaroso,
Que a lua o crescente reclinado
Era já no seu leito de repouso,

Quando aquela estreiteza temos deixado
Espaços livres alcançando e abertos,
Onde o monte pra trás era inclinado;

Eu inanido e ambos nós incertos
Da vereda, em planura enfim paramos,
Mais solitária que áridos desertos.

Do precipício a borda calculamos
Distar da oposta, em que o rochedo alteia,
Comprimento que em homens três achamos.

Na extensão, que ante mim se patenteia,
Da direita ou da esquerda igual largura
Nessa cornija aos olhos se franqueia.

Não déramos um passo na planura,
Quando notei que a escarpa sobranceira,
Que ascender não permite a sua altura,

Era alvo mármor, tendo a face inteira
Talhada com primor, que a Policleto[83]
Tomara e à natureza a dianteira.

O anjo[84], que da paz trouxe o decreto,
Tantos séculos com lágrimas pedido,
Que o céu abriu, donde o homem 'stava exceto,

---

83   Célebre escultor grego. (N. T.)
84   O anjo Gabriel. (N. T.)

Ao vivo ali mostrava-se insculpido,
No gesto e no meneio tão suave,
Que em pedra não parece estar fingido.

Quem não jurara que profere o 'Ave',
Pois juntamente figurada[85] estava
Quem do supremo amor volvera a chave?

Seu semblante estas vozes expressava
'*Ecce ancilla*[86]' tão propriamente,
Como na cera imagem, que se grava.

"Num ponto só não prendas tanto a mente",
Virgílio me falou, tendo-me ao lado,
Aonde o coração bater se sente.

Para mais longe olhei: maravilhado
Após Maria então vi que disposta,
Da parte, em que era o Mestre colocado,

Fora outra história em mármore composta.
Ao sábio adiantei-me: de mais perto
Aos meus olhos melhor ficara exposta.

O carro com seus bois na rocha aberto
E a Arca santa que conduz, mirava:
Lembra aos profanos o castigo certo[87].

Em coros sete o povo ali cantava:
Do olhar em mim o ouvido dissentia,
Pois se um dizia sim, outro negava;

---

85   A virgem Maria. (N. T.)

86   "Eu sou a serva do Senhor". (N. E)

87   Oza caiu fulminado por ter-se aproximado da Arca, que ameaçava cair (Samuel II-6). (N. T.)

A Divina Comédia – Purgatório

De igual modo na pedra percebia
Ao ar o fumo se elevar do incenso:
Da vista o asserto o olfato desmentia.

Da Arca adiante, com fervor imenso,
Dançando[88] humilde via-se o salmista,
Mais e menos que um Rei no zelo intenso.

Mícol[89], do régio paço, em frente, a vista
No Rei fitava, o ato lhe estranhando,
Que lhe move desgosto e que a contrista.

Desse lugar depois eu me afastando,
De perto contemplar fui outra história,
Que além um pouco, estava branquejando.

Aqui brilhava a preminente glória
Desse famoso Imperador romano[90],
Por quem Gregório obteve alta vitória.

Ao natural tirado era Trajano:
Do freio do corcel mulher tratava;
Dizia o pranto sua dor, seu dano.

De cavalheiros tropa se apinhava,
E nas bandeiras a águia de ouro alçada
Acima dele aos ventos tremulava.

---

88 Davi dançava precedendo a Arca. (N. T.)

89 Esposa de Davi manifestava censura pelo ato humilde do esposo. (N. T.)

90 Trajano, que, segundo uma lenda, o papa Gregório I conseguiu, com suas preces, voltasse à vida terrena e, batizado, fosse para o Céu. (N. T.)

A infeliz, dos guerreiros rodeada,
Parecia dizer: "Senhor, vingança!
Morto é meu filho e eu gemo atribulada".

E Trajano tornar: "Toma esperança
Até que eu volte". E a mísera pungida
Da dor que, em mãe, a tudo se abalança:

"Senhor, se não voltares?" Deferida
Serás de herdeiro meu. "Bem que outro faça
Que val, se a obrigação tens esquecida?"

E ele: "Ânimo esforça na desgraça.
Meu dever cumprirei sem mais espera,
Justiça o exige, compaixão me enlaça".

Quem novas cousas nunca vê, fizera
Visível sobre a pedra esta linguagem:
Arte não sobe a tão sublime esfera.

Enquanto me enleava em cada imagem,
Em que há dado aos extremos da humildade
De operário a perícia mor vantagem,

"Eis almas lentamente em quantidade
Acercam-se; a mais alta", disse o Guia,
"Nos pode encaminhar sua bondade".

A vista, que em portentos se embebia,
De olhar outros já sôfrega, volvendo,
Atentei no que o Mestre me advertia.

A Divina Comédia - Purgatório

Mas, leitor, que esmoreças não pretendo,
Nem que os bons pensamentos te faleçam,
Como os pecados pune Deus sabendo.

Nem os martírios nímios te pareçam;
Pensa bem no porvir; pois, em chegando,
O grão Juízo, em caso extremo, cessam.

E eu disse: "O que ora a nós vem caminhando
Não creio sombras ser: o que é portanto?
Não sei, a percepção turbada estando".

"Do seu tormento, que te movo espanto
É condição à terra irem curvados:
Também a vista duvidou-me um tanto.

Olhos fita; imagina levantados
Os que vêm dessas pedras oprimidos:
Já vês quanto eles são atormentados."

Cristãos soberbos, míseros, perdidos,
Cegos da alma, que haveis pra trás andado,
De tanta confiança possuídos,

Que vermes somos[91] não vos 'stá provado,
De que surge a celeste borboleta,
Que incerta voa ao tribunal sagrado?

Por que do orgulho assim passais a meta,
Se sois insetos no embrião somente,
Vermes de formação inda incompleta?

---

91 Como do verme nasce a borboleta, assim nós, homens, outra coisa não somos senão vermes
dos quais devem surgir as borboletas dignas de subir ao Céu. (N. T.)

DANTE ALIGHIERI

A modo de pilar ver-se é frequente,
Joelhos, peito unindo, uma figura
Cornija ou teto a sustentar ingente.

Da dor mera ficção move tristura
Em quem olha: senti então notando
Das almas penitentes a postura.

Mais umas, outras menos, se dobrando
Iam, segundo o fardo, que traziam;
E as que eram mais sofridas, pranteando,

"Não posso mais!" – dizer me pareciam.

CANTO XI

Virgílio pergunta às almas que purgam o pecado da soberba qual é o caminho para subir ao segundo compartimento, e uma delas dá a indicação requerida. Umberto Aldobrandeschi dá-se a conhecer e fala com Dante, que, depois, reconhece Oderisi de Gubbio, pintor e gravador. Oderisi dá-lhe notícia de Provenzano Salvani, que está junto com eles.

"Vós, que nos céus estais, ó Padre nosso,
Não circunscrito, mas porque haveis dado
Mais aos primeiros seres o amor vosso,

Vosso nome e poder seja louvado!
Graças à criatura jubilosa
Ao saber vosso renda sublimado!

Do reino vosso a paz venha ditosa!
Que vão de havê-la o empenho nos seria,
Se não vier da vossa mão piedosa.

Como a vós a vontade se humilia
Dos vossos anjos, entoando hosana,
Façam assim os homens cada dia!

A substância nos dai quotidiana
Hoje: sem ela em áspero deserto
Se atrasa quem por ir além se afana!

E como a quem nos faz mal descoberto
Damos perdão, nos perdoai clemente,
Indi'nos sendo nós, Senhor, por certo.

Oh! não deixeis cair a defidente
Virtude nossa em tentação do imigo!
Livrai-nos dele, em nos pungir ardente!

Não mais somos, Senhor, nesse perigo,
Em que precisa esta oração nos seja;
Mas não os que hão mister na terra abrigo."

Ao céu rogando que ao seu bem proveja
E ao nosso, as almas sob o peso andavam,
Como o que oprime a quem sonhando esteja.

Com desigual gravame se arrastavam
Ofegantes no círculo primeiro,
E do pecado as névoas expurgavam,

Se em bem nosso com zelo verdadeiro,
Oram, como em seu prol fará no mundo
Quem tem no bem querer seu peito useiro?

Ajudemo-las, pois, vestígio imundo
A lavar, por que leves, puras sejam,
Do céu se alando ao brilho sem segundo.

A Divina Comédia – Purgatório

"Ah! compaixão, justiça vos consigam
Presto alívio, e possais, o voo erguendo,
Ir até onde os desejos vos instigam!

Valei-nos a vereda nos dizendo
Mais curta ou a que é menos escarpada,
Mais de um caminho a se ascender havendo.

Ao companheiro meu assaz pesada
É a carne de Adam, que inda o reveste:
Por mais que esforce, o afana esta jornada."

A voz, que respondeu ao Mestre a este
Dizer, não sei a que alma pertencia
Por indício qualquer, que o manifeste:

"Vinde à direita em nossa companhia
Pela encosta, e vereis o passo estreito,
Que uma pessoa viva subiria.

Se este penedo não tolhesse o jeito,
A cerviz orgulhosa me domando
E obrigando a juntar o rosto ao peito,

Deste homem para a face, atento olhando,
(Não sei quem é) talvez o conhecera,
E assim me fora compassivo e brando.

Toscano fui, ilustre pai tivera.
Guilherme Aldobrandeschi[92] se chamava:
O nome seu algum de vós soubera?

---

92 Senhor de Grosseto. Quem fala é o filho Umberto, que guerreou contra Pisa. (N. T.)

DANTE ALIGHIERI

Tanta arrogância a glória me inspirava
Do meu solar e os feitos valorosos,
Que a nossa mãe comum não mais pensava,

Olhos volvendo a todos desdenhosos.
Perdi-me assim; os atos meus em Siena
Foram em Campagnatico famosos.

Chamei-me Umberto; da soberba a pena
A mim não coube só: de igual desgraça
Vem a causa que aos meus todos condena.

Este fardo, que os passos me embaraça
Mereço, por cumprir-se a lei divina:
Vivo o não fiz, é justo que ora o faça."

Enquanto, ouvindo, a fronte se me inclina,
Uma das almas (não a que falava)
Sob o peso se torce, que a amofina.

E viu-me e, conhecendo-me, chamava,
Os olhos seus fitando esbaforida
Em mim, que, recurvado a acompanhava.

"Oderisi[93] não foste", eu disse, "em vida,
Honra de Agubbio, honra daquela arte
Que iluminar Paris ora apelida?"

Tornou-me: "Hoje o pincel (cumpre informar-te)
De Franco de Bolonha[94] mais agrada:
A honra é toda sua, minha em parte.

---

93   Oderisi de Gubbio, excelente pintor e miniaturista. (N. T.)
94   Célebre miniaturista. (N. T.)

A Divina Comédia – Purgatório

Por mim não fora em vida proclamada
Esta verdade, quando esta alma ardia
Na ambição de primar nessa arte amada.

Aqui de tal soberba o mal se expia;
'Staria alhures; mas a Deus eu pude
Mostrar que de pecar me arrependia.

Quanto a vaidade o peito humano ilude!
Dessa flor como esvai-se a formosura,
Se não seguir-se um século inculto e rude!

Cimabue cuidou ter na pintura
A liça dominado: mas vencido
Ficou: a glória Giotto[95] fez-lhe escura.

Assim de estilo na arte cede um Guido,
A palma a outro[96]: agora é bem provável
Seja de ambos o mestre já nascido.

Rumor mundano é como vento instável
Que a direção varia de repente:
Conforme o lado, o nome tem mudável.

De ti que fama ficará manente,
Se da velhice cais no extremo passo,
Ou se findas na infância inconsciente,

De hoje a mil anos, tempo mais escasso,
Da eternidade em face, que um momento
Ante a esfera a mais tarda lá no espaço?

---

95 Giotto e Cimabue, célebres pintores. Giotto, discípulo de Cimabue, superou o mestre na sua arte. (N. T.)

96 Guido Cavalcanti superou a Guido Guinizelli na arte da poesia. (N. T.)

DANTE ALIGHIERI

Quem me precede e vai assim tão lento
Na Toscana entre todos foi famoso:
Apenas salvo está do esquecimento.

Em Siena, que há regido poderoso,
Quando perdeu-se a raiva florentina.
Soberba então, objeto hoje asqueroso.

A fama vossa iguala-se à bonina,
Que flore e morre: o Sol, por quem nascera
Na terra a prostra e a cor cresta à mofina".

Respondi-lhe: "O dizer teu em mim gera
Saudável humildade e o orgulho mata.
Esse, que apontas, conta-me quem era".

"De Provenzan Salvani[97]", diz, "se trata:
Aqui está, porque Siena ele cuidara
Ter nas mãos, presunção de alma insensata!

Caminha assim curvado, e nunca para
Dês que a vida perdeu eis o castigo
De quem tanto à soberba se entregara!"

"Se o que demora até final perigo
A penitência", eu disse, "e errado corre,
Subir não pode e aqui não acha abrigo,

Se uma oração piedosa o não socorre,
Durante prazo igual ao da existência,
Como ao martírio Provenzan concorre?"

---

97   De Siena, senhor muito poderoso, morto na batalha de Colle, em 1269. (N. T.)

A DIVINA COMÉDIA - PURGATÓRIO

"Quando era", torna, "no auge da influência[98],
Sobre a praça de Siena, suplicando,
Ter ante o povo humilde continência,

De um amigo o resgate procurando,
Que era por Carlos em prisão detido,
Tremeu angustiado e miserando.

Não mais: não sou, de obscuro, compreendido,
Mas te há de ser em breve isto explicado
Por filhos dessa terra em que hás nascido.

Por tão bom feito o ingresso lhe foi dado".

---

98 Para obter a libertação de um amigo prisioneiro de Carlos d'Anjou, ele se humilhou a pedir a esmola aos seus concidadãos. (N. T.)

CANTO XII

Os dois Poetas continuam a viagem. No pavimento do círculo estão pintados vários exemplos de soberbia castigada. Um anjo vem junto dos Poetas, guiando-os até a escada que sobe ao compartimento sucessivo. Com a asa, depois, apaga da testa de Dante um dos PP.

A par, como dois bois, que o jugo unira,
Eu com essa alma opressa e titubeante
Ia, enquanto Virgílio permitira.

Eis disse-me: "Deixando-a, segue avante:
Deve fazer de vela e remos força
Quem quer à parca impulso dar constante".

A caminhar dispus-me à voz, que esforça,
Erguendo logo o corpo, inda que a mente
Na humildade a modéstia acurve e estorça.

Já os pés acelero e facilmente
A Virgílio acompanho: de porfia,
Se mostra cada qual mais diligente.

"À terra olhos inclina", então dizia,
"Para a jornada aligeirar atenta
No solo, onde o meu passo aos teus é guia".

A Divina Comédia – Purgatório

Assim como na campa se aviventa
A memória dos mortos, insculpindo
Imagem, que a existência representa,

Que de saudade os corações ferindo,
À piedade propensos e à ternura,
Os vai ao pranto muita vez pungindo:

Assim, com perfeição sublime e pura,
Figuras via sobre aquela estrada,
Que sobe, serpeando, pela altura.

Via, a um lado, dos céus precipitada
Das criaturas a mais bela e nobre[99],
Qual raio, pelo espaço arremessada.

A vista, o outro, Briaréu[100] descobre
De projétil celeste transpassado:
Gélido a terra desmedido cobre.

Com Marte e Palas 'stava figurado
Timbreu[101], em torno ao pai de armas fornidos,
Vendo o campo de imigos alastrado.

Nemrod[102] olhos volvia espavoridos,
Junto à feitura imensa, aos companheiros,
Que a Sanaar seguiram-no, descridos.

---

99   Lúcifer, o anjo que se rebelou contra Deus. (N. T.)
100 Gigante que se rebelou contra Júpiter e foi fulminado. (N. T.)
101 Marte, Palas e Timbreu (Apolo), que dominaram os gigantes rebeldes. (N. T.)
102 Na planície de Senaar, Nemrod começou a construção da torre de Babel. (N.T.)

DANTE ALIGHIERI

Ó Níobe[103], com braços verdadeiros
Que dor nos olhos teus aparecia,
Os filhos mortos vendo, quais cordeiros!

Saul[104], a própria espada te extinguia
Sobre a montanha Gelboé – maldita,
Orvalho ou chuva ali não mais caía.

Ó louca Aracne[105], tua face aflita,
De aranha parte entre os destroços 'stava
Da teia, origem da fatal desdita.

Não mais a tua imagem cominava;
Num carro foges, Roboam[106] cruento,
À fúria popular, que te assombrava.

Amostrava ainda o duro pavimento
Como fez Alcmeon[107] pagar tão caro
À mãe o funestíssimo ornamento.

Mostrava mais como flagício raro
Senaqueribe[108] no templo assassinado
Por filhos, que deveram ser-lhe amparo.

---

103 Níobe, desprezando Latona por ter esta somente dois filhos, quando ela tinha doze; por castigo foram todos mortos por Apolo e Diana. (N. T.)

104 Rei de Israel, derrotado em Gelboé, suicidou-se. (N. T.)

105 Aracne, tendo desafiado Minerva para saber quem melhor tecia, foi por esta transformada em aranha. (N. T.)

106 Filho de Salomão, oprimiu o povo de Israel no seu reinado e foi obrigado a fugir em consequência de revolta popular. (N. T.)

107 Matou a própria mãe, Erifiles, pois esta, para ganhar um colar de ouro, havia revelado o esconderijo do seu marido Anfiarau aos inimigos. (N. T.)

108 Rei dos Assírios, foi morto pelos filhos. (N. T.)

A Divina Comédia – Purgatório

Mostrava também Ciro degolado
E Tamíris[109] dizendo acesa em ira
"Sede tinhas de sangue, sê saciado!"

A multidão de Assírios que fugira,
Mostrava ao verem de Holoferne[110] a morte,
E o castigo que os passos lhes seguira.

Via no pó, nas cinzas Troia forte:
Ó soberba Ílion[111], a pedra dura
Mostrava a tua lamentável sorte!

Que mestre no pincel ou na escultura
Posturas, sombras tais traçar pudera,
Pasmo ao gênio, que atinja a suma altura?

Real ou morte ou vida aos olhos era:
A verdade não viu na própria cena
Melhor que eu quando a efígie a olhar 'stivera.

A fronte entonai, pois, de orgulho plena,
Ó filhos de Eva, os olhos não baixando
Ao caminho, onde achais devida pena!

Mais íamos no monte caminhando
E no seu giro o Sol mais avançara
Do que eu cuidava, absorto contemplando,

---

109 Rainha dos Massagetas, tendo vencido Ciro, mandou-o matar em um odre cheio de sangue, dizendo: "Sacia-te de sangue, monstro". (N. T.)

110 General assírio, morto por Judite durante o sítio da cidade de Betúlia. (N. T.)

111 Troia ou Ílion, destruída pelos gregos. (N. T.)

Quando aquele, que sempre me guiara
Desvelado, me disse: "Alça a cabeça!
Não te engolfes! Atento sê! Repara!

Olha aquele anjo que caminha à pressa
Ao nosso encontro: acaba a terra sexta[112]
Do dia o lavor certo e outra começa.

Reverência em teu gesto manifesta
Para o anjo à viagem ser propício,
Não volta o dia de que pouco resta".

Aproveitar do tempo o benefício
Era do Mestre a regra; e, pois, naquela
Matéria não lhe achei de obscuro o indício.

Já nos demanda a criatura bela:
Trajava branco, a face resplendia,
Qual, tremulando, matutina estrela.

Braços abria e asas estendia,
Dizendo: "Vinde! que os degraus 'stão perto:
A jornada já fácil se anuncia".

Raros escutam essa voz, por certo:
Ó gente humana, para o céu nascida,
Por que decaís do vento a um sopro incerto?

Imos à rocha, por degraus partida:
De uma das asas me roçou na fronte,
Prometendo-me próspera subida.

---

112 A hora sexta, meio-dia. (N. T.)

A Divina Comédia – Purgatório

Como à direita quem se erguer ao monte,
Donde se avista a igreja que domina
A bem regida ao pé de Rubaconte[113],

Sente que aos pés a ingremidade inclina
Pela escada talhada antes que houvesse
Em livros e medidas a rapina:

Adoça-se o pendor assim; pois desce
De um círc'lo a outro a rocha que alterosa
A um lado e ao outro augusto passo oferece.

Subindo em melodia tão donosa
'*Beati pauperes spiritu*[114]' escutamos,
Que a voz, que o diga é pouco vigorosa

Quão diferentes os áditos que entramos,
Dos infernais! Aqui suave canto,
Lá gritos de ira ouvindo caminhamos.

Vencendo esses degraus do monte santo
Mais ágil me sentia: lá no plano
Fácil nunca a jornada fora tanto.

Eu disse: "Ó Mestre, de que peso insano
Sinto-me livre, pois no estreito passo,
Como de antes agora não afano!"

"Quando os PP que inda tens em vivo traço
Sobre a fronte", tornou-me, "se apagarem,
Como não hás de ter mais embaraço,

---

113 Ponte de Florença. (N. T.)

114 "Bem-aventurados são os pobres em espírito." (N. E.)

Segundo o teu desejo os pés andarem
Sentirás sem fadiga, e até gozando
Deleite, para a altura ao caminharem".

Como o que traz, na praça passeando,
Cousa, que ignora, na cabeça posta,
E, por ver sinais de outrem, suspeitando,

À mão pede socorro; ela, em resposta,
Procura, acha, um serviço assim rendendo,
A que a vista não pode ser disposta:

Assim, da destra os dedos estendendo,
Conheci que das letras, que o anjo abrira,
'Stavam somente seis remanescendo.

Sorriu-se o Mestre, que o meu gesto vira.

CANTO XIII

Chegam os Poetas ao segundo compartimento, no qual estão os pecadores que expiam o pecado da inveja. Os invejosos têm os olhos costurados com fio de arame. Entre eles, está Sápia, senhora de Siena, com a qual Dante fala.

Da escada ao topo havíamos chegado,
Onde, outra vez cortado, o monte estreita,
Que alma sobe, expiando o seu pecado.

Como a primeira, outra cornija feita
Circundava a colina, só diferente
Em que a um arco menor ela se ajeita.

Relevo, formas, como a precedente,
Não mostra: e, lisa sobre a escarpa a entrada,
Lívida cor a pedra tem somente.

"Se a presença de alguém fosse esperada,
Que nos preste conselho", diz meu Guia,
Temo que fique a escolha retardada".

Os olhos para o Sol depois erguia,
E, sobre o pé direito se firmando,
Para a esquerda girava e se volvia.

DANTE ALIGHIERI

"Tu, de quem tudo fio, ó lume brando
No caminho conduz-nos que se oferece
Como o exige o lugar", disse, guiando!

Raiando, o teu calor o mundo aquece:
Se motivo não surge de embaraço,
De conduzir-nos teu fulgor não cesse!"

Vencido em breve tínhamos espaço,
Que por milha na terra calculamos,
Porque o desejo estimulava o passo:

Em direitura a nós voar julgamos
Invisíveis espíritos, chamando
De amor à mesa em lépidos reclamos.

A voz primeira que passou voando
'*Vinum non habent*'[115] proferiu sonora
E ainda muito além foi reiterando.

Mas antes de perder-se pelo ar fora,
Outra acercou-se. "Orestes[116] sou!", dizia;
E apartou-se igualmente sem demora.

"Que vozes estas são, Mestre?" – inquiria.
Mas, apenas falara, eis vem terceira.
"Amai inimigos vossos[117]!" eu lhe ouvia.

"Pune este círculo a culpa traiçoeira",
O Mestre diz, "da inveja; o açoite aplica
O amor, que os rigores lhe aligeira.

---

115 "Eles não têm vinho" é a frase que Maria disse a Jesus para incitá-lo a fazer o milagre da transformação da água em vinho. (N. T.)

116 Orestes, para salvar Pílades, condenado à morte, apresentou-se em seu lugar. (N. T.)

117 Evangelho de São Mateus (Mateus 5:43-44). (N. T.)

A Divina Comédia – Purgatório

Contrário som, porém, o freio indica.
Antes que atinjas do perdão a entrada,
Terás de ouvi-lo; e disto certo fica.

Tem ora a vista para além fitada;
De espíritos, ao longo do alto muro,
Assentados verás soma avultada".

Mais que de antes então a vista apuro;
Almas distingo, que envolviam mantos,
Que a cor imitam do penhasco duro.

Um pouco avante ouvi de esp'ritos tantos
A voz bradar: "Por nós orai[118], Maria,
Pedro, Miguel e todos os mais Santos!"

Na terra homem tão fero não seria,
Que não sentisse o coração pungido
Em vendo o que aos meus olhos se oferecia.

Acerquei-me por ser mais distinguido
De cada sombra o menear e o gesto:
Pelos olhos à dor alívio hei tido.

Então foi claramente manifesto
Que entre si, uns aos outros se arrimavam,
Todos à pedra, em seu cilício mesto.

Assim os pobres cegos mendigavam
Nos dias de Perdão da igreja à porta,
Mutuamente as cabeças encostavam;

---

118 Prece. (N. T.)

DANTE ALIGHIERI

Pois a piedade o coração nos corta,
Quando ao som das palavras se acrescenta
Da vista a ação que o peito desconforta

E como o Sol aos cegos não se ostenta,
Assim também às sombras que alivia,
Não mais do céu a luz olhos alenta.

Fio de ferro as pálpebras prendia
A todas, como ao gavião selvagem
Para domar-lhe a condição bravia.

Cuidei, se andasse, lhes fazer ultraje,
Lhes vendo as faces e ocultando a minha:
E o Mestre olhei em tácita linguagem.

E o Mestre, bem sabendo o que convinha,
Antecipou-se logo ao meu desejo
E disse: "Arguto sê, e fala asinha".

Virgílio caminhava neste ensejo
Do lado, onde à cornija falta amparo;
Dali cair se pode e o risco eu vejo.

As almas do outro lado eram; reparo
Que dos olhos a hórrida costura
Provoca pranto copioso e amaro.

Voltei-me e disse: "Ó almas, que a ventura
De ver tereis ao certo o excelso Lume;
De que somente o vosso anelo cura,

A Divina Comédia – Purgatório

Dissolva a Graça em vós todo o negrume
Da consciência e nela manar faça
Da mente o rio em límpido corrume!

Concedei-me o que mais me satisfaça:
Dizei-me qual de vós latina há sido;
De eu sabê-lo algum bem talvez lhe nasça".

"Por pátria, irmão, só hemos conhecido
A cidade de Deus: dizer quiseste
Peregrina na Itália haja vivido."

De mim remota a voz parece deste,
Que assim disse; e portanto, passo avante
Por saber certo a quem atenção preste.

E uma senhora entre as mais vi, que, distante,
Aguardava-me. E como eu a distinguia?
Qual cego, alçava o mento pra diante.

"Tu, que para subir penas", dizia,
"Quem foste, onde nasceste diz: te imploro,
Se é tua voz que, há pouco, respondia".

"Fui de Siena", tornou, "com este choro
Os graves erros de perversa vida,
E a Deus que se nos dê, clemente, exoro.

Chamei-me Sápia[119], mas não fui sabida.
Mais deleite me deu o alheio dano
Do que a dita a mim própria concedida.

---

119 Senense, casada com Ghinigaldo Saraceni. (N. T.)

DANTE ALIGHIERI

E por que não presumas que te engano,
Se fui louca verás pelo que digo.
Já no declínio do viver humano

Eu era, quando a rebater o inimigo
Em Colle[120] os meus patrícios campearam;
A Deus roguei que lhes não fosse amigo.

Destroçados, à fuga se lançaram,
E a mim, que estava aquele transe vendo,
Indizíveis prazeres me tornaram,

Em modo, que atrevida, olhos erguendo,
'Não mais Deus tenho!' contra o céu gritava
Qual melro, instantes de bonança tendo.

Com Deus quis paz, mas quando já tocava
Da vida o termo; e ainda não pudera
A dívida solver, que me onerava,

Se Pedro Pettinanho[121] não se houvera,
Nas santas operações de mim lembrado:
Em prol meu, caridade o comovera.

Mas quem és, que nos tens interrogado,
Que estando, creio, de olhos não tolhidos
E respirando indagas nosso estado?"

---

120 Onde os senenses foram derrotados pelo florentinos. Sápia rejubilou-se disso, pois era inimiga do senhor de Siena, Provenzano Salvani. (N. T.)

121 Morto em fama de santidade. (N. T.)

A Divina Comédia - Purgatório

"Olhos", disse, "terei também cerzidos,
Porém por pouco tempo; que da inveja
No mundo hão sido rara vez torcidos,

Maior receio o peito me dardeja
De outro tormento; e tanto me angustia,
Que o seu fardo a sentir cuido já esteja".

"Mas quem ao monte", me tornou, "te guia,
Pois de voltar ao mundo tens certeza?"
"Quem tenho ao lado e voz não pronuncia.

Inda vivo; e, pois fala com franqueza,
Alma eleita, se queres que os pés mova
Em prol teu lá na terra com presteza".

"O que dizendo estás, cousa é tão nova
Que por mim rogues fervorosa peço,
Pois da divina dileção dás prova.

E pelo que te merecer mais preço
Suplico-te: ao pisar terra toscana
Ao meu nome entre os meus aviva o apreço.

Terás de vê-los entre a gente insana[122],
Que espera em Talamone, mas como antes,
Quando buscava as águas do Diana:

Mor engano há de ser dos almirantes".

---

122 Os senenses. Tendo eles comprado Telamone, queriam transformar essa cidade em porto de mar, mas não foi possível, por causa da insalubridade do clima. Não tiveram êxito também na descoberta de um rio subterrâneo que devia passar debaixo de Siena e que chamaram Diana. Mais do que outros serão enganados os almirantes. (N. T.)

CANTO XIV

Dante conversa com outras almas de invejosos. Respondendo o Poeta a uma pergunta de Rinieri de Calboli, intervém Guido del Duca, praguejando as cidades de Toscana e lamentando, depois, a degeneração das famílias nobres de Romanha. Os Poetas ouvem vozes que lembram episódios nos quais o pecado da inveja foi castigado.

"Este quem é ao nosso monte vindo,
Sem ter-lhe a morte as asas desatado,
Os olhos, quando quer, fechando e abrindo?"

"Ignoro; mas vem de outro acompanhado.
Tu, que és mais perto, a perguntar começa,
E, para nos falar, mostra-lhe agrado".

De dois espíritos junto se endereça
A mim desta arte a voz: estão-me a direita,
Cada um para trás alça a cabeça.

"Ó alma", disse-me uma, "que, na estreita
Prisão corpórea ainda, aos céus ascende,
Dá-nos consolo, à caridade afeita.

Quem és e donde vens? Porque nos prende
Pasmo notando a Graça, que te ampara,
Portento que ninguém viu, nem compreende".

A Divina Comédia – Purgatório

Tornei-lhe: "Na Toscana se depara
Rio, que brota em Falterona[123] escasso
E nunca, milhas cem correndo, para:

Este corpo dali conduzo lasso.
Dizer quem sou discurso vão seria:
Meu nome inda não soa em largo espaço".

"Se bem te entendo", assim me respondia
A sombra, que antes de outra eu tinha ouvido,
"Ao Arno o dizer teu se referia".

"Por que", lhe atalha a outra, "ele escondido
Nos tem do rio o nome verdadeiro?
Cousa horrível se encerra em seu sentido?"

Disse-lhe a sombra, que falou primeiro:
"Não sei; mas fora bem feliz o instante,
Em que o nome pereça ao vale inteiro:

Dês que nasce lá onde é redundante
De águas a serra que o Peloro[124] unira,
Noutras partes, porém, pouco abundante,

Até que o mar do seu tributo aufira
Reparo ao que no seio o céu lhe suga,
E vida assim pra novos rios tira,

Todos ali virtude hão posto em fuga,
Qual víbora inimiga, ou por efeito
Do clima, ou por moral, que o bem refuga.

---

123 Rio Arno, que brota em Falterona. (N. T.)
124 Promontório siciliano. (N. T.)

DANTE ALIGHIERI

Natureza por vícios se há desfeito
Na gente desse vale impuro,
Como de Circe[125] apascentada a jeito.

Cava o rio primeiro o leito escuro
Entre porcos mais dignos de bolota
Do que de cibo, em que haja humano apuro.

Baixando, acha de gozos mó abjeta,
Em que o furor à força não se iguala,
E, como por desdém, busca outra meta.

Essa maldita e desgraçada vala
Tantos mais cães em lobos vê tornados
Quanto mais corre e mais caudal resvala.

Imerge em princípios mais rasgados,
Onde encontra raposas tão manhosas,
Que os laços mais sutis ficam frustrados.

Do porvir direi cousas espantosas,
E quem me ouvir conserve na lembrança
Verdades que há de ver bem dolorosas.

Teu neto[126] os lobos a caçar se lança
Desse rio maldito sobre a riva:
Enquanto os não destroça não descansa.

A carne sua vende, estando viva,
Como reses depois mata-os cruento;
Muitos da vida e a si da glória priva.

---

125 Sereia que transformava os homens em animais. (N. T.)

126 Fulcieri de Calboli, neto de Rinieri, que foi "podestà" de Florença e perseguiu o partido dos Bancos, ao qual Dante pertencia. (N. T.)

A Divina Comédia – Purgatório

Da triste selva sai sanguinolento
E a deixa, tal que ainda após mil anos
Tornar não há de ao primitivo assento".

Como, ao presságio de futuros danos,
Merencório se mostra o interessado,
Onde quer que a fortuna urda os enganos;

Assim o outro espírito: voltado
Para escutar se havendo, se entristece,
Depois que teve o sócio terminado.

Como saber seus nomes eu quisesse,
Ouvindo aquele, ao outro o gesto vendo,
A pergunta entre rogos se oferece.

O que falara respondeu dizendo:
"Pedes que eu, pronto, quanto anelas faça,
A instância minha em pouco apreço tendo.

Mas como em ti de Deus transluz a Graça,
Não te há de ser Guido del Duca[127] esquivo
Tanto, que o teu querer não satisfaça.

Da inveja o fogo ardeu em mim tão vivo,
Que ao ver sorriso de outrem no semblante,
Em meu rosto o libor era expressivo.

Semeei: colho o fruto repugnante.
Oh! por que, raça humana, o que repele
Qualquer partilha almejas ofegante?

---

127 Senhor de Bertinoro, na Romanha. (N. T.)

DANTE ALIGHIERI

Este foi Rinieri[128]: estava nele
Dos Calboli o primor: ao nome honrado
Herdeiro não deixou que a glória zele.

Não só à prole sua tem faltado,
Entre o Pó e a montanha, o mar e o Reno
O bem para a verdade e o prazer dado;

Pela extensa amplidão desse terreno
Alastram tudo abrolhos perigosos:
Quando extirpar se pode um tal veneno?

Onde Mainardi e Lizio estão famosos?
Qual de Carpigna e Traversaro o fado?
Ó Romanhóis bastardos desbriosos!

Quando um Fabro se tem nobilitado,
Como em Faenza um Fosco Bernardino,
Varas gentis de tronco definhado!

O pranto meu não julgues pouco digno,
Se com Guido de Prata rememoro
O companheiro nosso, Azzo Ugolino;

Se Frederico Tignoso e a prole choro;
Solares de Anastagi e Traversara[129],
Sem herdeiros extintos, se eu deploro,

---

128 Rinieri dei Paolucci, senhor de Calboli. (N. T.)

129 Mainardi e Lizio, Carpigna e Troversaro, Fabbro, Fosco Bernardino, Guido de Prata, Azzo Ugolino, Frederico Tignoso, Anastagi e Traversara, senhores e famílias da Romanha notáveis por cortesia e generosidade. (N. T.)

A Divina Comédia – Purgatório

Cavaleiros e damas, glória rara,
Que inspiravam amor e cortesia
Na terra, que a virtude desampara!

Cai em ruínas, Brettinoro ímpia!
Em ti viver tua gente não quisera;
Com mais outras, temendo o mal, fugia.

Bem faz Bagnacaval: prole não gera,
Castrocaro faz mal e pior Cônio[130]
Que a tais condes da vida o lume dera.

Os Pagani[131] irão bem, quando o Demônio
Deixá-los; mais não podem nome puro
Já nunca possuir no solo ausônio".

Ugolin Fantolin[132], ficou seguro
Da fama tua o lustre; pois já agora
Não terás filhos pra torná-lo escuro.

Podes, Toscano, prosseguir embora:
Pranto, mais que discursos, me deleita;
Lembrando a pátria, o coração me chora".

O passo as almas na vereda estreita
Ouviam-nos, silêncio elas guardando.
Era a jornada com certeza feita.

---

130 Bagnacaval, Castrocaro, Cônio, cidades da Romanha cujos senhores eram maus. (N. T.)
131 Família nobre de Faenza, da qual fazia parte Mainardo (Inf. XXVI, 49-51), alcunhado "o demônio" pelas suas crueldades. (N. T.)
132 Gentil-homem de Faenza. (N. T.)

DANTE ALIGHIERI

Já ficaríamos sós, avante andando,
Eis brada voz nos ares de repente;
Veloz, qual raio, vinha a nós chamando:

'Quem me encontrar me mate incontinenti[133]',
E fugiu qual trovão que distancia
Se o vento a nuvem rasga de repente.

O terrível clamor cessado havia,
Com medonho fracasso eis outra brada,
Como um trovão que a outro sucedia:

"Aglauro[134] sou, em rocha transformada",
E a Virgílio acercar-me então querendo,
Dei, não avante, um passo atrás na estrada.

Tranquilo o ar por toda parte vendo,
"Este", é, "falou-me o Mestre, "o duro freio,
Que os homens deve estar sempre contendo:

Mas vós mordeis a isca em triste enleio
E o prístino inimigo do anzol tira:
De conter ou pungir que vale o meio?

O céu vos chama, em torno de vós gira,
Esplendores eternos vos mostrando;
Mas a vista, enlevada, a terra mira,

E quem vê tudo então vai castigando".

---

133 "Quem me encontrar me mate incontinenti", palavras pronunciadas por Caim depois de ter
assassinado o irmão Abel. (N. T.)

134 Filha de Eretero, rei de Atenas. Ela foi transformada em pedra por Mercúrio, por ter inveja
da irmã Erse, que era amada pelo deus. (N. T.)

CANTO XV

Caindo a noite, os dois Poetas chegam ao terceiro compartimento. Aí Dante, em êxtase, vê exemplos de mansuetude e misericórdia. Voltando a si, encontra-se imerso em um fumo que obscurece o ar e impede a visão.

Quanto caminho faz da tércia hora[135],
No giro seu, a luminosa esfera,
Sempre a mover-se qual criança à aurora,

Tanto, para acabar o curso, espera
O Sol, e para dar à tarde entrada:
Lá vésperas, aqui meia-noite era[136].

De luz me estava a face então banhada;
Porque, em torno à montanha prosseguindo,
Do ocaso em direção ia a jornada,

Quando, mais vivo resplendor fulgindo,
Ofuscado fiquei mais do que dantes:
Desse portento a ação pasmei sentindo.

---

135 Faltavam três horas para o ocaso, pois o Poeta nota que deveria transcorrer tanto tempo para o pôr do Sol quanto transcorre entre o princípio do dia até a hora terça. (N. T.)
136 No Purgatório, faltavam três horas para o ocaso, eram vésperas; na Itália, era meia-noite. (N. T.)

DANTE ALIGHIERI

Acima de meus olhos, por instantes,
As mãos alcei – sombreiro, que antepara
O mor excesso aos raios deslumbrantes.

Assim como de espelho ou linfa clara[137]
Ressalta a luz de encontro à oposta parte,
Subindo logo após, como baixara;

Da linha vertical não se disparte,
Uma distância igual sempre mantendo,
Como nos mostra experiência e arte:

Em frente à luz, assim, se refrangendo,
Tão penetrante a vista me feria,
Que a dirigi a um lado, olhos volvendo.

"Qual é", ao Mestre amado então dizia,
"Aquele objeto, que me ofusca tanto
E ao nosso encontro, ao parecer, se envia?"

"Que inda te ofusque não te mova espanto
A celeste família", me há tornado,
"Falar-te vem um mensageiro santo.

A veres com delícia aparelhado
Serás em breve um lume refulgente,
Quanto ser pode ao ente humano dado".

Acercados ao anjo, alegremente
Nos disse: "Aqui passai, menos penosa
Subida nesta escada está patente".

---

137 O poeta descreve o refletir-se da luz que bate sobre um espelho ou na água, no qual o ângulo de refração é igual ao ângulo de incidência. (N. T.)

A Divina Comédia – Purgatório

Andando, atrás cantar em voz donosa
'Beati Misericordes[138]' nós ouvimos
E 'Exulta na vitória gloriosa.'

Para cima, portanto, nós subimos;
E eu das vozes do Vate cogitava
Colher proveito, enquanto sós nos imos.

E, me voltando, assim lhe perguntava:
"O que Guido del Duca nos dizia,
Quando em bens não partíveis nos falava?"

"Do seu vício pior" tornou, "sabia
Os danos; não se estranhe, se o acusando,
Do mal que fazer possa prevenia;

Porque, do mundo os bens vós desejando,
A que partilha todo o apreço tira,
Arde a inveja, suspiros provocando.

Mas, se a esfera imortal vossa alma aspira,
Levantando-se o anelo àquela altura,
Esse temor no peito voz expira.

Tanto mais lá cad'um goza ventura,
Quanto por muitos ela mais se estende,
Quanto mais caridade lá se apura".

"O entendimento", eu digo, "ora compreende
Menos do que antes de eu te haver falado;
À mente ora mor dúvida descende.

---

138 "Bem-aventurados são os misericordiosos", do Evangelho de São Mateus V, 7. (N. T.)

DANTE ALIGHIERI

Como um bem, que é de muitos partilhado,
A cada possessor dá mais riqueza
Do que se a posse fora apropriado?"

"Teu 'spírito", replica, "na rudeza
Das cousas terreais estando imergido,
Vê trevas onde a luz tem mais clareza,

Esse inefável bem, no céu fruído,
Infindo, para o amor, correndo desce,
Qual raio a corpo lúcido e polido.

Se ardor acha mais vivo, mais se oferece;
Quanto mais caridade está fulgindo,
Virtude eterna mais sobre ela cresce.

Quanto mais vai a multidão subindo,
Mais amar podem, mais a amor se aplicam,
Bem como espelho, um no outro refletindo.

Se persistindo as dúvidas te ficam,
Hás de ver Beatriz: da sábia mente
Razão escutarás, que tudo explicam.

Para apagares, pois, sê diligente.
As chagas cinco[139], que inda em ti 'stou vendo:
Há de cerrá-las contrição pungente".

Quando eu ia dizer "Mestre, compreendo",
No círculo eis penetro imediato:
Calei-me, a vista alucinada tendo.

---

139 Os cinco PP, que Dante ainda tem na testa. (N. T.)

A Divina Comédia – Purgatório

Julgava então, de uma visão no rapto,
Extático, que em templo se mostrava
Multidão grande, de oração no ato.

Com piedoso semblante, à entrada estava
Meiga matrona[140]. "Ó filho meu querido,
Por que assim procedeste?", interrogava.

"Eu e teu pai, com ânimo dorido,
Te buscamos." E, como se calara,
Logo a visão fugiu-me do sentido.

Depois de outra[141] no rosto se depara
Pranto acerbo, que mágoas anuncia
De quem de ira no incêndio se inflamara.

"Se mandas na cidade", assim dizia,
Por cujo nome os deuses contenderam
E onde a luz da ciência se irradia,

"Pune os braços, que ímpios, se atreveram,
Pisístrato, a estreitar a filha tua!"
Ele, a quem vozes tais não comoveram,

Tranquilo respondia à esposa sua:
"O que faremos a quem mal nos queira,
Se ira ao amor corresponder tão crua?"

---

140 Maria Virgem, a qual, tendo perdido o seu filho, encontrando-o depois de três dias, o repreende com mansuetude. (N. T.)

141 A mulher de Pisístrato, príncipe de Atenas, pediu ao marido vingança contra um jovem que beijara publicamente a sua filha. (N. T.)

DANTE ALIGHIERI

Vi depois multidão, que a raiva aceira:
A pedradas mancebo assassinava[142],
Bradando "morra! morra!" carniceira.

A dolorida fronte debruçava,
Já mal ferido, o mártir para a terra:
Portas ao céu os olhos seus tornava,

Pedindo a Deus, naquela horrível guerra,
Que aos seus perseguidores perdoasse:
Riso piedoso os olhos lhe descerra.

Quando em minha alma o êxtase desfaz-se,
Conheci que no sonho aparecia,
Não da ficção mas da verdade a face.

Virgílio, a quem talvez eu parecia
Homem, que o sono deixa de repente,
"Por que estás vacilante?" me inquiria.

"Tens meia légua andado certamente
Com titubante pé, de olhos caídos,
Como quem desse ao vinho ou sono a mente".

"Vou expor, meu bom mestre, aos teus ouvidos",
Tornei, "quanto os meus olhos contemplaram,
Quando os joelhos tinha enfraquecidos".

"Se máscaras cento a face te ocultaram"
Disse Virgílio, "ocultos não seriam
Pensamentos, que, há pouco, te enlevaram.

---

142 Santo Estêvão, que foi apedrejado pela multidão. (N. T.)

A Divina Comédia – Purgatório

As imagens, que hás visto, te induziam
Águas da paz a receber no peito,
Que as fontes perenais dos céus enviam.

Não perguntara, como quem de feito
Somente vê por olhos, obcecados
Quando o corpo da morte jaz no leito;

Mas por serem teus pés mais apressados:
Excitar assim cumpre os preguiçosos,
Que se esquivam à ação estando acordados".

Nas horas vespertinas pressurosos
Andávamos, os olhos alongando,
Do Sol cadente aos raios luminosos,

Eis pouco a pouco, um fumo se elevando.
Se condensa ante nós, qual noite, escuro;
Abrigo ali de todo nos faltando,

A vista nos tolheu, tolhendo o ar puro.

CANTO XVI

Sempre ao lado de Virgílio, Dante continua a viagem. Denso fumo envolve os iracundos[143]. Entre eles está Marco Lombardo, o qual lamenta os tempos, que eram bons e agora ficaram maus. Dante pergunta de que depende essa mutação, e Marco responde que a corrupção dos tempos novos procede do mau governo do mundo e especialmente da confusão entre o poder espiritual e o poder temporal.

Sombra de inferno e noite carregada,
Em que o céu de um só astro não se aclara,
De nuvens, quanto o pode ser, toldada,

Véu tão grosso ao meu rosto não lançara,
Nem, ao contato, fora tão pungente,
Como o fumo, que ali nos rodeara.

Fechados tinha os olhos totalmente:
Fiel o sábio sócio, me acudindo,
Deu-me em seu ombro arrimo diligente.

Qual cego, que ao seu guia vai seguindo
Por se não transviar, correr perigo,
Ou sofrer morte, de encontrão caindo,

---

[143] Que tende para a ira; colérico, irascível – dicionário *Michaelis*. (N. E.)

A Divina Comédia - Purgatório

Tal eu por aquele ar escuro sigo,
Atento ao Mestre meu, que repetia:
"Cuidado! Não te afastes! Vem comigo!"

Então vozes ouvi; me parecia,
Que paz, misericórdia suplicavam
Ao Cordeiro, que as culpas alivia.

Por *Agnus Dei*[144] suaves começavam,
A letra era uma só como a toada,
Consonância entre si todas as guardavam.

"Por quem esta oração, que ouço, é cantada?",
Perguntei. Disse o Mestre: "É bom que o aprendas:
Assim da ira a culpa é mitigada".

"Quem és para que a névoa nossa fendas
E assim fales, qual viva criatura,
Que inda o tempo calcula por calendas[145]?",

Disse uma voz do fundo na negrura.
E Virgílio falou: "Responde e exora
Se por aqui se sobe para a altura".

"Ó alma, que", disse eu, "a graça implora
De ir a Quem te criou mais pura e bela,
Maravilha ouvirás, segue-me embora".

"Até onde for dado", tornou-me ela,
"Irei, e, se te ver não deixa o fumo,
Nos tornará propínquos a loquela".

---

144 *Agnus Dei*, Jesus, símbolo de mansuetude, virtude contrária ao vício da ira. (N. T.)
145 Uma das três partes em que o mês era dividido pelos romanos. (N. T.)

"Nas mantilhas, que a morte acaba, ao sumo
Assento", comecei, "ora me alteio,
Do inferno tendo vindo pelo rumo.

Se Deus permite, de bondade cheio,
Que a dita eu goze de lhe ver a corte
Por este, hoje de todo estranho, meio,

Revela-me quem foste antes da morte
E qual nos deva ser a melhor via:
Guiarás nossos passos desta sorte".

"Fui Lombardo e de Marco[146] o nome havia;
O mundo experimentei, feitos amando,
Pelos quais ninguém mais hoje porfia.

A subir bom caminho vais trilhando."
Falou-me assim e acrescentou: "E rogo
Intercedas por mim, ao céu chegando".

"Quanto me pedes", lhe replico logo,
"Juro fazer, mas acho-me oprimido
Por dúvida a que anelo desafogo.

Era simples; te ouvindo, tem subido
A duplo grau, e assim me torna certo
Do que hei aqui e noutra parte ouvido.

O mundo de virtude está deserto;
Tens sobeja razão, quando o lamentas,
Impa de mal, de vícios é coberto.

---

146 Marco de Veneza, chamado o Lombardo, homem sábio e prudente. (N. T.)

A Divina Comédia – Purgatório

Dize-me a causa, se na causa atentas?
Sabendo-a, aos outros revelá-la quero;
Virá do céu ou lá na terra a assentas?"

Suspiro em que se exprime dó sincero
Com "ui", do peito exala. "Irmão", prossegue,
"Que o mundo é cego em ti bem considero.

Vós, os vivos, julgais o céu entregue
De toda causa, a tudo assim movendo
Por necessária lei, que o mundo segue.

Desta arte o livre arbítrio fenecendo,
Ao homem não coubera o que merece,
No bem prazer, no mal dor recebendo.

Primeira inspiração aos atos desce
Do alto; a todos não; mas quando o diga,
No mal, no bem a luz não vos falece.

Livre sendo o querer, quem se afadiga
E a primeira vitória do céu goza,
Vencerá tudo, se em querer prossiga.

Natureza melhor, mais poderosa
Vos sujeita – a que cria e vos concede
Mente, que ao céu não prende-se humildosa.

Se a causa, que do bom caminho arrede
O mundo em vós a tendes persistente;
Explorarei, fiel, o que sucede.

DANTE ALIGHIERI

Alma surge das mãos do Onipotente
Que, inda antes de nascida, lhe sorria
Qual menina, que ri, chora, inocente.

Ingênua e simples, ela só sabia
De um Deus benigno ser meiga feitura,
E a tudo, que a deleita, se volvia.

Dos mais frívolos bens prende-a a doçura,
E, deles namorada, após lhes corre,
Se guia ou freio o amor lhe não segura.

Nas leis consiste o freio, que a socorre;
Rei foi mister, que, ao menos, acertasse
Da cidade de Deus em ver a torre.

Leis há, mas não quem leis executasse;
Rumina esse pastor[147] que os mais precede,
Mas a unha fendida não lhe nasce.

E vendo a grei que o próprio guia a excede
Em almejar os bens que mais deseja,
Nestes se engolfa e mais nem quer nem pede.

Portanto, porque mau governo veja,
Fica o mundo de culpas inquinado,
Não porque em vós a corrupção esteja.

Bens sobre o mundo havendo derramado,
Tinha Roma dois sóis, que alumiaram
O caminho de Deus e o do Estado.

---

147 A imagem deriva da lei mosaica pela qual se proibia comer animais não ruminantes e que não tivessem a unha partida. O ruminar exprime a sabedoria; a unha partida, a ação. (N. T.)

A Divina Comédia - Purgatório

Um ao outro apagou, e se ajuntaram
Do Bispo o bago e do guerreiro a espada:
Por viva força unidos, mal andaram.

Não mais se temem na junção forçada:
Vê a espiga que prova estes efeitos;
Pela semente é a planta avaliada.

Valor e cortesia altos proveitos
Deram na terra que Ádige e Pó lavam[148],
Antes que visse de Frederico os feitos[149].

Por ali os que outrora se pejavam
De entrar dos bons na prática e na liga,
Livres passam do quanto receavam.

Só três velhos opõe a idade antiga,
Como censura, à nova: é-lhe já tardo
Que Deus os chame dessa terra inimiga:

Conrado de Palazzo, o bom Gherardo
E Guido de Castel[150], que foi chamado,
Ao estilo francês simples Lombardo.

De Roma a Igreja fique proclamado,
Cai no ceno os poderes confundido,
Se enloda a si e o fardo seu pesado".

---

148 A Lombardia e a Marca Trevisana. (N. T.)

149 As guerras entre os papas e Frederico II da Suábia. (N. T.)

150 Conrado de Palazzo, da Brescia; Gherardo de Camino; e Guido de Castello, de Reggio. (N. T.)

DANTE ALIGHIERI

"Tuas sábias razões, Marcos, ouvindo,
Vejo", disse, "por que a Lei da herança[151]
Partiu, de Levi os filhos excluindo.

Mas qual Gherardo trazes à lembrança,
Como glória e brasão da antiga gente,
Que censura a este século impuro lança?"

"Queres", tornou, "tentar-me ou certamente
Iludir-me? Em toscano me falando
Do bom Gherardo dizes-te insciente?

Sobrenome de todo lhe ignorando,
Dou-lhe o de Gaia, sua filha cara.
Guarde-vos Deus, que eu vou-me, vos deixando.

Do fumo a densidão se torna rara,
Branqueja o dia: devo já partir-me,
Que a apresentar-se o anjo se prepara".

Assim falando, mais não quis ouvir-me.

---

151 Segundo a lei mosaica, os descendentes de Levi, isto é, os levitas (os sacerdotes) não podiam
possuir bens temporais. (N. T.)

CANTO XVII

Saindo do denso fumo, Dante, novamente em êxtase, vê exemplos de ira punida. Tornando a si, vê um anjo que está perto da escada do quarto compartimento. Os dois Poetas continuam a subir. Sobrevindo, porém, a noite, param e Virgílio explica ao discípulo que o amor é o princípio de todas as virtudes e de todos os vícios.

Leitor, se lá na alpina cordilheira
Te colheu névoa, que de ver tolhia,
Como se olhos tivemos de toupeira,

Lembra que, quando a úmida e sombria
Cortina a delgaçar começa, a esfera
Do Sol escassa luz ao ar envia.

E mal tua mente imaginar pudera
Como de novo à vista se mostrava
O Sol, que ao seu poente descendera.

Ao lume, que nos planos se finava,
Do Mestre os passos fido acompanhando
Saí da cerração, que me cercava.

DANTE ALIGHIERI

Fantasia que, o espírito enlevando,
Tanto o homem dominas, que não sente
Clangor de tubas mil, juntas soando,

O que te move, estando o siso ausente?
Luz que desce por si, no céu formada,
Ou por querer do céu onipotente.

Cuidei súbito ver a que mudada,
Dos crimes seus em pena, foi nessa ave[152],
Que em trinar mais se mostra deleitada.

Tanto minha alma, na visão suave,
Extática ficou, que não sentia
Outra impressão qualquer que a prenda e trave.

Naquele êxtase logo após eu via
Em cruz um homem de feroz semblante[153]:
Nem a morte a arrogância lhe abatia:

'Stava o grande Assuero não distante,
Ester, a esposa e Mardoqueu prudente,
Justo nos feitos, no dizer prestante.

E fugiu-me esta imagem prontamente,
Como a bolha, que de água se formara
E à falta de água esvai-se de repente.

---

152 Filomena, por vingar-se de ter sido ultrajada por Teseu, deu-lhe de comer os próprios filhos
e foi por isso transformada pelos deuses em rouxinol. (N. T.)

153 Aman, ministro do rei Assuero, foi crucificado na cruz que ele havia mandado levantar para
o inocente Mardoqueu (Ester II, 5). (N. T.)

A Divina Comédia – Purgatório

Donzela[154] eis na visão se me depara
Que em prantos exclamava: "Ó mãe querida
Por que tomaste irosa a morte amara?

Perdes, por não perder Lavínia, a vida[155]
E perdida me tens: teu fim deplora,
Mas não o de outro, a filha dolorida".

Como se rompe o sono, se de fora
Luz repentina às pálpebras nos desce;
Não morre logo, em luta se demora:

Minha visão assim se desvanece,
Quando as faces clarão tão vivo lava,
Que na terra outro igual nunca esclarece.

Volvi-me para ver onde me achava;
Mas, ouvindo uma voz "Sobe esta escada",
De qualquer outro intento me apartava.

Por saber quem falara foi tomada
Minha alma de um desejo tão veemente,
Que fora, se o não viesse, conturbada.

Como ao Sol, que deslumbra em dia ardente,
Sendo-lhe véu seu lume flamejante,
Senti perdida a força incontinenti.

"Espírito é celeste: vigilante
Sem rogos, o caminho nos indica:
O próprio brilho esconde-o fulgurante.

---

154 Lavínia, filha do rei Latino e da rainha Amata. (N. T.)
155 A rainha Amata, supondo que Turno, noivo de Lavínia, tivesse sido morto por Eneias, suicidou-se. (N. T.)

DANTE ALIGHIERI

Como o homem consigo, assim pratica;
Quem, mal extremo vendo, só rogado
Acode, esquivo ser já significa.

A tal convite o pé seja apressado!
Antes da noite rápidos subamos;
Depois somente quando o Sol for nado",

Disse o meu Guia; e logo encaminhamos
Os passos, de uma escada em direitura.
Ao primeiro degrau quando chegamos

Mover de asas ao perto se afigura,
Bafejo sinto; e ouço: "É venturoso
Quem ama a paz, isento de ira impura!"

No alto já do céu o luminoso
Rasto, da noite precursor, surgira,
De astros assoma o exército formoso.

"Ai de mim! Por que a força minha expira?",
Disse, entre mim, sentindo que, esgotada,
Súbito às pernas o vigor fugira.

Tendo alcançado o topo já da escada,
Imóveis nos quedamos, imitando
A nau, que aferra a praia desejada.

A escutar 'stive um pouco, interrogando
Daquele novo círculo algum sonido;
Depois ao Mestre me voltei falando:

A Divina Comédia – Purgatório

"No lugar em que estamos, pai querido,
Que pecado recebe a pena sua?
Parando os pés, teu verbo seja ouvido".

Tornou-me: "Se do bem o amor recua
No seu dever, aqui se retempera;
Sobre o remisso a expiação atua.

Por melhor compreenderes, considera
No que digo: a detença, porventura,
Dará o fruto, que tua mente espera.

Ao Criador, meu filho, e à criatura
Nunca falece amor – tens já sabido –
Ou venha da alma ou venha da natura.

O amor natural de erro é despido;
Pode pecar o outro pelo objeto,
Por nímio ardor, por 'star arrefecido.

Quando aos bens principais ele é direto
E nos bens secundários moderado,
Causar não pode criminoso afeto.

Se ao mal, porém, se torce ou, desregrado,
De menos ou de mais ao bem se move,
Ofende ao Criador quem foi criado.

Tens, pois, o necessário, que te prove
Que amor em vós semente é de virtude,
Como é dos feitos, que o céu mais reprove.

E como o amor o bem somente estude
Do seu sujeito, quando o amor domina,
Não pode ser que em ódio a si se mude.

E porque nenhum ente se imagina
Sem ter no que criou a causa sua,
Ódio em nenhum contra este se origina:

Contra o próximo é, pois, que se insinua
Do mal o amor, pecaminoso.
No humano limo em modos três atua.

Qual, da grandeza, e glória cobiçoso,
As espera em ruína de outro, e anela
Vê-lo em terra prostrado e desditoso;

Qual, temor de perder, triste, revela
Valia, honra e poder, se outro os partilha
E em querer-lhe o contrário se desvela;

Mágoa sentindo de uma injúria filha,
Qual porfia em vingar-se, e, de ira ardendo,
De mal fazer os meios esmerilha.

Do mal este amor tríplice nascendo,
Lá embaixo se expia; mas atende
Ao que vai desregrado, ao bem correndo.

Confusamente cada qual se acende
Por certo bem e sôfrego o deseja:
Por ter-lhe a posse, afana-se e contende.

A Divina Comédia – Purgatório

O que do bem no amor inerte seja
Depois que do pesar sofrerá agrura,
É justo que em martírio aqui se veja.

Há outro bem; não dá, porém, ventura.
Felicidade não é, não é a essência
De todo o bem, o fruto, a raiz pura.

O amor, que a tal bem vota a existência,
Acima em círculos três há seu tormento:
Por que assim se divide, a inteligência,

Sem te eu dizer, dar-te-á conhecimento".

CANTO XVIII

Virgílio continua a falar sobre o amor. No entanto, as almas dos preguiçosos vão passando diante dos Poetas, lembrando exemplos da virtude contrária à preguiça, e, depois, de punição da preguiça. Uma das almas dá-se a conhecer a Dante. É o abade de S. Zeno, em Verona. Dante cai em profundo sono.

Palavras tais já proferido havia
O Vate excelso[156] e, atento, me observava
Por ver se eu satisfeito parecia;

E eu, em maior sede me inflamava,
Calando-me, entre mim dizia: "O excesso,
Que nas perguntas há, talvez o agrava".

Mas o sincero pai, sempre indefeso,
Meu silêncio notando e o que o motiva
Logo animou-me a lho fazer expresso.

"Minha vista", falei, "tanto se aviva
À luz do verbo teu, Mestre, que ao claro
Vejo o que da razão tua deriva.

---
156 Sublime profeta. (N. E.)

A Divina Comédia – Purgatório

Rogo-te, pois, ó pai beni'no e caro,
Me ensines esse amor, de que descende
Todo o mal, todo o bem ao mundo ignaro".

"Volve a mim", disse, "a luz, que mais se acende
No espírito e há de ser-te bem patente
Quanto erra o cego que guiar pretende.

Alma criada para amar ardente,
A tudo corre, que lhe dá contento,
Se despertada do prazer se sente.

Do que é real o vosso entendimento
Colhe imagens que em modo tal desprega,
Que alma pra elas sente atraimento.

Se alma, enlevada, ao seu pendor se entrega,
Esse efeito é amor, própria natura,
Em que o prazer novo liame emprega.

E, como o fogo se ala para a altura
Por sua forma, que a elevar-se tende
Ao foco, onde o elemento seu mais dura,

Assim pelo desejo a alma se acende,
Ação espiritual que não se aquieta,
Se não consegue a posse, que pretende.

Vê, pois, que da verdade excede a meta
Quem acredita e aos outros assevera
Que todo o amor de si é cousa reta.

Em gênero talvez se considera
O amor sempre bom; mas todo selo
É bom, inda que seja boa a cera?"

"Se, te ouvindo", tornei, "com mor desvelo
Do que ser pode o amor fico inteirado,
Dúvidas hei, que esclarecer anelo.

Pois que amor é de fora derivado,
Pois que a alma de outra sorte não procede,
No bem, no mal o mérito é frustrado".

"Dizer-te posso o que a razão concede",
Tornou, "do mais a Beatriz somente,
Por ser ato de fé, solução pede.

Forma substancial, não depende
Da matéria, porém com ela unida,
Específica virtude tem latente.

Só, quando atua, pode ser sentida;
Denúncia do que seja dá no efeito,
Como em planta a verdura indica a vida.

Das primeiras noções onde o conceito
Nasceu? Donde apetites vêm primeiros,
A que o homem no mundo está sujeito?

Como o instinto do mel na abelha, inteiros
Em vós estão, louvor não merecendo,
Nem censura também, ínscios obreiros.

A Divina Comédia – Purgatório

Tudo desses pendores dependendo,
Inata a faculdade é que aconselha,
A porta do consenso em guarda tendo.

Em tal princípio a causa se aparelha,
De que procede em vós merecimento:
Repele o mau amor, no bom se espelha.

Os sábios, estudando o fundamento
Das cousas, vendo inata a liberdade,
Da moral vos tem dado o ensinamento.

E, supondo que por necessidade
Nascesse todo o amor, que vos incende,
Tendes para contê-lo potestade.

Nobre virtude ser Beatriz entende
O livre arbítrio; e, quando lhe falares,
A isto mesma a memória atento prende".

Como alcanzia[157] a flamejar nos ares,
A Lua à meia-noite, já tardia[158],
Escurecia os outros luminares;

E, contra o céu, caminho percorria[159],
Por onde o Sol vai pôr-se, quando a Roma,
Entre Sardenha e Córsega, alumia.

---

157 Bola de barro. (N. T.)

158 A Lua, que demorava a surgir até quase meia-noite, com o seu fulgor escurecia as outras estrelas. (N. T.)

159 Corria de ponente para o levante por aquele caminho do Zodíaco no qual está o Sol quando o habitante de Roma o vê descer entre a Sardenha e a Córsega. (N. T.)

DANTE ALIGHIERI

Havia a sombra ilustre, por quem toma
A fama Ande[160] à cidade mantuana,
Do peso meu aliviado a soma:

Quando eu, que explicação lúcida e plana
Sobre as minhas questões tinha alcançado,
Sinto que a mente sonolência empana.

Desse quebranto súbito arrancado
Por turba fui, que, após se encaminhando,
A nós vinha com passo acelerado.

E como o Ismeno e Asopo[161], outrora, em bando,
Correr viam Tebanos ofegantes,
Por noite Baco em alta voz cantando,

A multidão, assim, dos caminhantes,
De bom querer e justo amor tocados
Pelo círculo apressavam-se anelantes.

E, pois, tinham-se em breve apropinquado;
Na carreira chorando afadigosa,
Assim gritavam dois mais avançados:

"Maria[162] corre ao monte pressurosa;
César rende Marselha, e contra Ilerda[163]
Rápido voa à Espanha revoltosa".

---

160 Ande (depois Pietola), aldeia perto de Mântua, na qual Virgílio nasceu. (N. T.)

161 Rios da Beócia. (N. T.)

162 A Virgem Maria, logo depois do anúncio do nascimento de Jesus, correu a visitar a sua prima Isabel (Evangelho de São Lucas I, 39). (N. T.)

163 Júlio César, com grande celeridade, deixando parte do seu exército no assédio de Marselha, com a outra parte dirige-se para Ilerda. (N. T.)

A DIVINA COMÉDIA – PURGATÓRIO

"Pressa; pressa! De tempo já sem perda!
Pouco zelo não haja!", outros clamaram,
"Não refloresce a Graça n'alma lerda!"

"Vós, em que tais fervores se deparam,
Que talvez negligência ides remindo
Dos tempos, que no bem não se empregaram,

Dizei a um vivo (estais verdade ouvindo),
Que partir-se pretende à nova aurora.
Se é perto a entrada, donde vá subindo."

A voz do Mestre meu desta arte exora.
Dos espíritos um lhe respondia:
"Vem conosco: não longe ela demora.

Anelo de ir avante nos desvia
De detença: perdoa, por bondade,
Se há, cumprindo um dever, descortesia.

De São Zeno em Verona fui abade[164]
De Barba-roxa[165], o bom, sob o reinado
De quem Milão se lembra sem saudade.

Alguém[166] que à sepultura está curvado
Há de em breve chorar esse mosteiro
E o poder, com que o tinha dominado;

---

164 Geraldo, abade de São Zeno. (N. T.)

165 O imperador Frederico I, que destruiu a cidade de Milão em 1162. (N. T.)

166 O velho Alberto della Scala, que destituiu Geraldo do seu cargo de abade, substituindo-o por um seu filho bastardo, que, além de coxo, era malvado. (N. T.)

DANTE ALIGHIERI

Pois, em dano ao pastor seu verdadeiro,
Ao filho mal nascido, o cometera,
No corpo horrendo, na maldade useiro".

Não sei se inda falou, se emudecera,
De nós já velozmente se alongara,
Mas ouvi-lo e notá-lo me aprazara.

Então disse-me quem me guia e ampara:
"Volve-te, atenta nestes dois: correndo
Nos lentos mordem com censura amara".

"Avante!", os dois no couce vêm dizendo
"Os que se abrir o mar viram, morreram[167],
A herança do Jordão não recebendo,

E os que o filho de Anquise[168] não quiseram
Seguir até seu fim nas árdua jornada
Fama e glória por gosto seu perderam".

Depois, daquela grei estando afastada
Tanto, que eu divisá-la não podia,
De nova ideia a mente foi tomada,

Outras surgindo após de romaria;
E tanto de uma em outra vagueava.
Que pouco a pouco o sono me invadia,

E o pensamento em sonho se mudava.

---

167 Os filhos de Israel que, pela sua preguiça, morreram no deserto, não alcançando a Terra Prometida. (N. T.)

168 Os Troianos que não tiveram a coragem de seguir a Eneias (Eneida V, 604). (N. T.)

CANTO XIX

No sono, Dante tem uma visão misteriosa. Acordando, conta-a a Virgílio, o qual a explica. Sobem, depois, os Poetas ao quinto compartimento, no qual se purificam os avarentos, debruçados no chão. Entre eles está o papa Adriano V, Ottobuono de Fieschi, que lhe pede que o recomende à sua sobrinha Alagia.

Chegada essa hora, em que o calor diurno[169]
Não mais da lua a frigidez aquece,
Pela terra vencido ou por Saturno,

Quando ao geomante fúlgida aparece
A Fortuna Maior[170] lá no Oriente,
Donde rápida a noite se esvaece,

Sonhando vi mulher balbuciente[171],
Que vesga era nos olhos, nos pés torta,
De mãos truncadas e de tez palente.

Eu a encarava; e como o Sol conforta
Os membros a que a noite o frio agrava,
Ao meu olhar assim a quase morta

---

169 Pela manhã, pouco antes do alvorecer. (N. T.)
170 Uma das combinações que os geomantes desenhavam para adivinhar a sorte e que se parecia à constelação do Aquário e, em parte, à dos Peixes. (N. T.)
171 Símbolo dos vícios. (N. T.)

DANTE ALIGHIERI

Língua movia; o corpo já se alçava,
E no terreno e lívido semblante
A cor, que amor estima, se mostrava.

Soltando a voz, há pouco titubante,
Doce canto entoava tão donosa,
Que me absorvia o enlevo inebriante.

"Sereia[172] sou", cantava, "deleitosa,
Que da rota desvia os mareantes,
Tanto prazer lhes movo poderosa.

Detiveram meus cantos fascinantes
Ulisses vago; e raros me deixaram,
A todos prende o som dos meus descantes".

Junto a mim, mal seus lábios se fecharam,
Eis se mostrava dama santa[173] e presta:
A sereia os seus olhos conturbaram.

"Dize, ó Virgílio: que mulher é esta?"
Bradava irosa; e o Vate lhe acorria.
Respeitoso ante aquela face honesta.

Dela a dama travava e prosseguia,
Seus véus rasgava, o ventre desnudando:
Desperto ao cheiro infando que saía.

Olhos abri. Virgílio, me falando:
"Três vezes te chamei", disse, "eia! asinha
Vamos, o passo onde entres, procurando".

---

172 Metade mulher e metade peixe. (N. T.)
173 Símbolo da prudência e das virtudes. (N. T.)

A Divina Comédia – Purgatório

Ergui-me logo. Alumiados tinha
O dia os círculos todos do alto monte;
Pelas costas surgindo o Sol nos vinha.

Após o Mestre se me inclina a fronte,
Como a quem, de cuidados oprimido,
Curva a cerviz, semelha arco de ponte,

"Aqui se passa: vinde!", proferido
Foi por voz tão suave, tão benigna,
Que não fora igual som na terra ouvido.

Da rocha entre os dois muros nos designa
Quem falara, o caminho, asas abrindo,
Que tem do cisne a alvura purpurina.

Depois as níveas plumas sacudindo,
"Os que choram", bradou, "são venturosos
De consolo a esperança possuindo!"

"Por que os olhos no chão fitas cuidadosos?",
O Mestre perguntou, depois que alçou-se
Voando o anjo aos ares luminosos.

"Em recente visão, Senhor, mostrou-se
Imagem", respondi, "que tanto instiga
Que inda a sua impressão não mitigou-se".

"A mágica", me disse, "viste antiga,
Que lá mais alto tanta dor motiva?
Como o homem viste dela se desliga?

Não mais! Avante segue, o alento aviva!
Olhos volve ao reclamo[174], com que gira
Do Rei Eterno cada esfera altiva".

Como faz o falcão, que os pés remira,
Depois ao grito acode e, acelerado,
Contra a ralé, que avista, ao ar se atira:

Assim eu; e por onde era cortado,
Para trânsito dar ao monte erguido,
Corri 'té outro círculo, apressado.

Tendo ao círculo quinto já subido,
Jazer vi turba inúmera em lamento:
Para baixo era o rosto seu volvido.

"*Adhaesit anima mea pavimento*[175]",
Com tanta dor diziam suspirando,
Que da voz mal caí no entendimento.

"Dizei, de Deus eleitos, que, penando,
Colheis alívio na justiça e esperança,
Por onde ao cimo iremos caminhando."

"Se a nossa punição não vos alcança
E mais pronta quereis ter a subida,
À direita e por fora que se avança."

---

174 Instrumento com o qual o caçador atrai as aves. (N. T.)
175 "A minha alma esteve pregada ao chão" (às coisas materiais), Salmo C XIX, 25. (N. T.)

A Divina Comédia – Purgatório

Do meu Guia a pergunta respondida
Foi por uma alma, que adiante estava:
Ser outra ideia eu cri nisso escondida.

Então, olhos voltando, interrogava
Virgílio, que aprovou com ledo gesto
O desejo, que o rosto denotava.

Da permissão do Mestre usando presto,
Daquele ente acerquei-me doloroso,
Que se fez por palavras manifesto.

"Tu, que, expiando as culpas lacrimoso,
Apressas de te erguer à glória o dia,
Por mim para em teu pranto fervoroso.

Quem foste? Por que assim jazeis?", dizia,
"No mundo, donde venho vivo, impetre
Por teu bem querer cousa da valia?"

"Convém que o teu espírito penetre
Desta pena a razão; porém primeiro
Scias quod ego fui sucessor Petri[176].

Do meu solar o título altaneiro
Origem teve nesse rio belo,
Que entre Chiaveri e Siestre flui ligeiro.

Em pouco mais de um mês vi que desvelo
Custa guardar o grande manto puro:
Todo outro fardo é pluma em paralelo.

---

176 "Saibas que fui sucessor de Pedro". É o espírito do papa, Adriano V, Ottobuono dei Fieschi, conde de Lavagna. (N. T.)

DANTE ALIGHIERI

Quanto – ai de mim! – de converter fui duro!
Mas, apenas Pastor em Roma eleito,
Eu soube quanto mente o mundo impuro.

Não gozou paz, nem quietação meu peito;
Mais alto já subir se não pudera:
Então da vida eterna ardi no afeito.

Minha alma, triste e mísera, perdera
De Deus o amor em sórdida avareza:
Esta pena, que vês, bem merecera

De tal pecado mostra-se a graveza
Aqui pelo castigo, em que se expia:
No monte outro não há de mor aspereza.

Como ao céu nossa vista não se erguia,
Nas cousas terreais embevecida,
Assim justiça à terra a prende e lia.

Como a avareza em nós tinha extinguida
A propensão ao bem, aos santos feitos,
Assim nos tem justiça a ação tolhida.

Pés e mãos ata em vínculos estreitos:
Enquanto a Deus prouver, nós, estendidos,
Imóveis estaremos nesses leitos."

De joelhos e de olhos abatidos
Quis falar-lhe; mas ele, conhecendo
Esse meu ato só pelos ouvidos,

A Divina Comédia - Purgatório

"Por que te curvas?" me atalhou dizendo.
"Em reverência à vossa dignidade:
Cumpro um dever dessa arte procedendo."

"Ergue-te, irmão! Não erres! Em verdade,
Eu como tu, e o universo inteiro
A lei seguimos de uma só vontade.

Do Evangelho o sentido verdadeiro
Que disse – *neque nubente*[177] – se entendeste,
Verás o meu pensar quanto é certeiro.

Vai-te agora, demais te detiveste.
Saudável pranto empece a tua estada:
Perdão apressam lágrimas, disseste.

Sobrinha tenho, Alagia[178] foi chamada:
É boa, se da raça tão funesta
Não pervertê-la a tradição danada.

Somente esta no mundo ora me resta."

---

177 Palavras de Jesus aos saduceus "no Céu não há núpcias". Com essa expressão, Adriano V
quer que Dante entenda que ele não deve mais considerá-lo esposo ou chefe da Igreja. (N. T.)
178 Alagia dei Fieschi, casada com Moroello Malaspina. (N. T.)

CANTO XX

Os dois poetas ouvem uma alma recordar exemplos de pobreza honesta e da generosidade benfazeja. É Hugo Capeto, fundador da casa dos reis da França, o qual censura asperamente os seus descendentes. Ouve-se, no entanto, tremer o monte e cantar *Gloria in excelsis Deo*.

Em luta, o bem querer ao mau se alteia.
Por contentar essa alma, eu, descontente,
Da água tirei a esponja, inda cheia.

Sigo os passos do guia diligente,
Do monte à extrema borda caminhando,
Como em muro entre ameias, cautamente.

O espaço mais largo enchia o bando,
Que a avareza, do mundo atroz inimiga,
Expurga, pranto em fio derramando.

Maldita sempre seja, Loba antiga[179],
Mais do que as outras feras cobiçosas!
Jamais a fome tua se mitiga!

---

179 A avareza. (N. T.)

A Divina Comédia - Purgatório

Ó céu, cuja carreira portentosa
As condições se crê reger da vida,
Quando virá quem lance a besta ascosa?

A passo lento e escasso era a subida,
Atento eu indo à turba, que exprimia
Por carpir lamentoso a dor sentida.

Eis ante nós dizer: "Doce Maria!",
Uma voz escutei no amargo pranto,
Qual mulher que no parto a dor crucia.

Acrescentou: "Bem pobre foste e tanto,
Que à luz trouxeste lá no humilde hospício[180]
Do seio virginal o fruto santo".

E logo após ainda: "Ó bom Fabrício[181],
Com virtude antes pobre ser quiseste
Do que a opulência possuir com vício".

De tal prazer meu coração se veste
Ouvindo, que avançava pressuroso
Por que ao perto, maior atenção preste.

Também contava esse ato generoso,
Que em prol das virgens Nicolau[182] fizera
Para guardar-lhes puro o estado honroso.

---

180 A gruta de Belém, onde nasceu Jesus. (N. T.)

181 Caio Fabrício Luscino, general romano, que recusou o dinheiro que o inimigo de Roma lhe oferecia. (N. T.)

182 São Nicolau, bispo de Mira, que dotou várias jovens pobres. (N. T.)

Dante Alighieri

"Alma, que tão bem falas, diz sincera,
Quem foste?", lhe disse eu. "Por que somente
A tua voz a virtude aqui venera?

Se eu à vida tornar, que brevemente
Levar-me deve ao suspirado porto,
Em te ser grato ficarei contente".

E ele: "Falarei, não por conforto
Lá do mundo esperar, mas porque tanta
Graça refulge em ti antes de morto.

Estirpe fui[183] dessa maligna planta
Que o solo esteriliza à cristandade:
Se frutos bons produz, fato é que espanta.

A vingança, se houvessem faculdade,
Lilla, Bruges, Conai, Grandja tomaram;
Férvido a peço à Suma Potestade.

Na terra Hugo Capeto me chamaram:
Dos Filipes fui tronco e dos Luíses,
Que novamente a França dominaram.

Foi meu pai carniceiro[184]. Os infelizes
Antigos Reis progênie não deixando,
Exceto um monge, às minhas mãos felizes,

---

183 Hugo Capeto, fundador da dinastia dos de França. (N. T.)
184 Segundo a tradição, Hugo Capeto, filho de um carniceiro, desposou a filha do último rei carlovíngio. (N. T.)

A DIVINA COMÉDIA – PURGATÓRIO

Parar daquele reino veio o mando.
Tanto prestígio tinha, tal pujança
Dos povos na vontade fui ganhando,

Que a coroa o meu querer cingir alcança
Do filho meu à fronte, em que começa
A prole ungida desses Reis de França.

O provençal[185] grã dote havendo, cessa
Na raça minha a prístina vergonha:
Somenos, mas aos bons não fora avessa.

Rapinas pela força e ardis, que sonha
Começando, invadiu por penitência
Pontois, Normandia com Gasconha.

Carlos, Itália entrando, em penitência[186]
Vitimou Conradino; e triunfante
Ao céu mandou Tomás, por penitência.

Em tempo, do presente não distante,
Inda outro Carlos[187] vir de França vejo
E fama a si e aos seus dar mais sonante.

Sai sem armas; traz só naquele ensejo
Lança de Judas, que a Florença aponta:
Rasga-lhe o peito, como é seu desejo.

---

185 Carlos I de Anjou, por casamento, herdou a Provença. (N. T.)

186 Carlos I de Anjou conquistou o reino de Nápoles, mandou matar a Conradino de Suábia e, segundo uma tradição, fez envenenar a Santo Tomás de Aquino, quando este dirigia-se para o concílio de Lião. (N. T.)

187 Carlos de Valois, que foi a Florença em veste de pacificador e expulsou os Brancos, entre os quais Dante. (N. T.)

DANTE ALIGHIERI

Terás não terras, mas pecado e afronta,
Que se lhe há de tornar tanto mais grave,
Quanto ele a tem de pouco preço em conta.

Outro, que preso sai da própria nave,
Vejo a filha vender, como fizera
Aos escravos pirata: ó pai suave!

Avareza! o que mais de ti se espera,
Se o meu sangue a tal raiva hás arrastado,
Que te deu sua carne em pasto, ó fera?

Para o mal igualar, porvir, passado,
Entrando Alagni[188] flor-de-lis se ostenta,
E Cristo em seu Vigário é cativado.

Injúrias vejo novas que experimenta,
Fel, vinagre sorver o vejo ainda
E entre vivos ladrões ter morte lenta.

Vejo o novo Pilatos, que, não finda
A sanha sua, sem decreto assalta
O Templo aceso na cobiça infinda.

Senhor meu! Pois que excesso nenhum falta,
Quando ante a punição serei ditoso,
Que oculta, o teu juízo adoça e exalta?

Quanto ao que me inquiriste curioso,
As palavras, que, há pouco, eu dirigia
Do 'Spírito Santo à Esposa fervoroso,

---

188 O papa Bonifácio VIII, em 1303, por ordem de Filipe, o Belo, foi aprisionado em Alagni. (N. T.)

A Divina Comédia – Purgatório

São nossas orações enquanto é dia.
Mas contrários exemplos invocamos,
Quando a sombra da noite principia.

Então Pigmalião[189] nós recordamos
Que foi traidor, ladrão e parricida
A sua sede de ouro condenamos.

E a miserável condição de Mida[190],
Do rogo seu estulto resultado,
Sempre do mundo inteiro escarnecida.

De Acam[191] o louco feito é memorado.
Que os despojos roubara, e ainda a ira
De Josué receia amedrontado.

Com seu marido acusa-se Safira[192]
E louva-se o mau fim de Heliodoro[193].
Por todo o monte imenso brado gira

Contra o que tirou vida a Polidoro[194].
– Dize do ouro o sabor, Crasso[195] avarento! –
Também clamamos todo nós em coro.

---

189 Matou a traição seu tio Siqueu para roubá-lo. (N. T.)

190 Rei mitológico, recebeu a faculdade de transformar em ouro tudo o que tocava; morreu de fome. (N. T.)

191 Guerreiro israelita, depois da conquista de Jericó, desobedecendo às ordens de Josué, escondeu o que saqueou e foi condenado à morte. (N. T.)

192 Safira e seu marido Ananias, querendo roubar o dinheiro pertencente à comunidade cristã, foram fulminados. (N. T.)

193 Heliodoro entrara no templo de Jerusalém para roubar, mas foi expulso a patadas por um cavalo. (N. T.)

194 Polinestor, rei da Trácia, matou a Polidoro, filho de Príamo, para roubá-lo. (N. T.)

195 Crasso, romano, homem muito rico e avarento. (N. T.)

DANTE ALIGHIERI

Qual murmura, qual grita em seu lamento,
Segundo o afeto que o estimula e agita,
Segundo é fraco ou forte o sentimento.

Eu único não era, pois, que em grita
O bem, que ao dia é próprio ia dizendo:
Não alçava outro perto a voz bendita".

Essa alma já deixáramos, fazendo
Esforço por vencer a altura ingente,
Que adiante se estava oferecendo,

Eis tremer sinto o monte de repente.
O coração no peito se me esfria,
Qual réu, que à morte arrasta-se palente.

Delos[196], por certo, assim não se movia,
Quando por ninho a preferiu Latona,
Que os dois olhos do céu parir queria.

De toda parte um brado então ressona
Tanto, que o Mestre, para mim voltando,
"Não há risco", me diz, "teu Guia o abona!"

"*Gloria in excelsis Deo*[197]" – era entoado,
Quanto a voz perceber foi permitido
Do ponto, a que o rumor me foi levado.

---

196 Ilha do mar Egeu. Segundo a mitologia, era instável, antes que nela se estabelecesse Latona,
que deu à luz Apolo e Diana. (N. T.)

197 "Glória a Deus nas alturas": é o canto dos anjos na noite em que nasceu Jesus. (N. T.)

A Divina Comédia – Purgatório

Quedos, como os pastores tendo ouvido
À vez primeira outrora aquele canto,
Ficamos 'té findar moto e soído.

Depois seguimos no caminho santo,
Vendo as almas prostradas sobre a terra,
Sempre a verter o costumado pranto.

E se a memória nisto em mim não erra,
Jamais desejo, que a ignorância acende,
Na mente me excitara tanta guerra,

Quanto naquele instante em mim contende.
Nem pela pressa, eu perguntar ousava,
Nem o que ouvia o espírito compreende.

Tímido assim e pensativo andava.

CANTO XXI

Enquanto os dois Poetas continuam no seu caminho, uma alma aproxima-se deles. É o poeta latino Estácio, o qual explica que o abalo do monte, ocorrido há pouco, foi o sinal de que, purificado dos seus pecados, ele pode subir ao Céu. Sabendo que está falando com Virgílio, Estácio demonstra-lhe o seu afeto.

A sede natural, que não sacia
Senão a água, que, súplice, implorava[198]
Ao senhor a mulher de Samaria,

Molestando-me, os passos me apressava
Após meu Guia na impedida estrada,
E do justo castigo o dó me entrava.

Eis, como escreve Lucas na sagrada
História[199] que Jesus aparecera,
Ressurgido, aos dois sócios na jornada,

Uma sombra surgiu; trás nós viera.
Andando aquela turba contemplava:
Dela fé nem o Mestre, nem eu dera.

---

198 A água simbólica que a Samaritana pediu a Jesus, isto é, a verdade. (N. T.)
199 Evangelho de Lucas XXIV, 13-15. (N. T.)

A Divina Comédia – Purgatório

"Deus vos dê paz, irmãos!", assim falava.
Voltamo-nos de súbito, e Virgílio,
Cortês no gesto, a saudação tornava

Logo dizendo: "Do feliz concílio
Te receba na paz a santa corte,
Que a mim me desterrou no eterno exílio!"

"Como andais", respondeu, "com passo forte.
Se Deus no céu vos não permite a entrada?
Quem vos conduz na altura desta sorte?"

"Os sinais de que a fronte está marcada
Deste homem por um anjo", diz meu Guia,
"To mostram digno da eternal morada,

Mas, como aquela, que, incessante fia[200],
Não lhe havia inda a estriga consumido,
Que impõe Cloto ao que a vida principia,

Subir só não teria ao céu podido
A sua alma, irmã tua, como é minha,
Pois não há, como nós, ver conseguido.

Do inferno às fauces fui tirado asinha
Para guiá-lo, e o guiarei contente
No que do meu saber não passe a linha.

Se puderes, me diz, por que o eminente
Monte, há pouco, tremeu, e desde a c'roa
À base retumbou clamor ingente".

---

200 Laquesis não fiara ainda todo o fio que Cloto ajuntou e que representa o decorrer da vida dos homens. (N. T.)

A pergunta ao desejo tão boa soa,
Que ouvi-la a sede ardente me alivia,
Somente uma esperança mitigou-a.

"Quanto hás notado", a sombra respondia,
"Em nada os ritos da montanha altera:
De estranheza motivo não seria.

Mudança aqui supor se não pudera:
Subindo ao céu quem pertencer-lhe deve,
A causa dá-se que esse efeito opera.

Nunca saraiva, chuva, orvalho ou neve
Nesta montanha cai, passando a altura
Dos três degraus que estão na escada breve[201].

Aqui não vê-se nuvem clara ou escura,
Relâmpago não luz, nem de Taumante
Mostra-se a filha[202], que tão pouco dura.

Jamais daqueles três degraus avante,
Em que de Pedro o sucessor[203] domina,
Seco vapor se eleva um só instante.

Tremor talvez a sua base inclina;
Mas não atua no alto oculto vento,
Que não sei como dentro se amotina.

Quando já de estar puro o sentimento
Uma alma tem e se ala ao céu, que a chama,
Segue o tremor e o grito ao movimento.

---

201 Onde está a porta do Purgatório. (N. T.)
202 Íris, mensageira de Juno, foi transformada em arco-íris. (N. T.)
203 O sucessor de Pedro, o anjo. (N. T.)

A Divina Comédia - Purgatório

Seu querer a pureza lhe proclama,
Prova que tem de alçar-se a liberdade
Por força do desejo, em que se inflama.

Antes o tem; mas contra essa vontade
A divina justiça ardor lhe inspira
Por pena, como o teve por maldade.

Eu que em martírio decorridos vira
Anos quinhentos, à melhor morada,
Momentos poucos há, pus livre a mira.

Eis do tremor a causa declarada!
Do Senhor eis por que, louvor cantando,
Rogou cada alma em breve ser chamada!"

Calou-se. E como, a tanto mais gozando
Está quem bebe, quanto é mor a sede,
Indizível prazer tive escutando.

"Vejo", disse Virgílio, "agora a rede,
Que vos prende e depois dá liberdade,
Donde o tremor e o júbilo procede.

Explicar-me te praza ainda, em verdade,
Quem tu foste e a razão por que hás jazido
Séculos tantos em tanta austeridade".

"No tempo em que o bom Tito, protegido
Por Deus, vingou as chagas[204] que verteram
Sangue, por Judas", replicou, "vendido,

---

204 Tito, destruindo Jerusalém, vingou a morte de Jesus Cristo. (N. T.)

Na terra o nobre título me deram,
Que mais honra perdura, e fui famoso:
Inda os lumes da fé me não vieram.

Dos meus cantos o som foi tão donoso,
Que de Tolosa a si me atraiu Roma:
Coroas me deu de mirto glorioso.

De Estácio[205] o nome ainda o tempo doma;
Tebas cantei e Aquiles esforçado:
Este das forças me exauriu a soma.

Do vivo ardor, que a mente me há tomado,
Na flama divinal a causa estava,
Que em milhares de engenhos há brilhado.

Mãe e nutriz a Eneida me alentava;
Estro bebi caudal no seio puro;
Quanto vali da Eneida derivava.

Para viver no tempo (te asseguro)
Em que existiu Virgílio, mais um ano
Passara no, que deixo, exílio duro".

Estas vozes ouvindo, o Mantuano
Olhou-me. "Cala-te!", sem falar dizia;
Mas a vontade está sujeita a engano.

Ou no pranto ou no riso se anuncia
Tão rápida a paixão, quando se acende,
Que o querer nos sinceros prende e lia.

---

205 O poeta latino Papinio Estácio, autor de "Tebaida", morto no ano 96 d.C. (N. T.)

A Divina Comédia - Purgatório

Sorri-me, como que sagaz, compreende.
Calou-se o esp'rito; e me encarava atento
Nos olhos onde a mente mais se entende.

"Sejas", disse, "feliz no excelso intento!
Explica-me, porém, por que em teu rosto
Lampejar vi sorriso de momento".

Entre os extremos dois estava eu posto:
Um diz "silêncio!"; outro a falar me instiga.
Suspiro, e o Mestre atenta em meu desgosto.

Responde, que ao silêncio nada obriga,
"Fique", disse, "a verdade bem patente,
O que anela saber ele consiga".

"Maravilha causou provavelmente",
Tornei-lhe, "antigo espírito, o meu riso;
Maior será me ouvindo, certamente.

Virgílio é quem me guia ao Paraíso:
Para deuses e heróis cantar tiveste
Por ele o esforço que lhe foi preciso.

Se outra causa em meu riso supuseste,
Te enganaste: o motivo declarado
Nas palavras está que lhe disseste".

Quer os pés abraçar do Mestre amado,
E o Mestre: "Irmão, que fazes?", lhe dizia,
"Vê que és sombra e de sombra estás ao lado!"

Dante Alighieri

Erguendo-se ele: "Tanto me extasia
O amor", disse, "em que por ti me acendo,
Que da nossa vaidade me esquecia,

Tratar sombras, quais corpos, pretendendo".

CANTO XXII

Subindo ao sexto compartimento, Estácio diz a Virgílio que, não pelo pecado da avareza, mas pela sua prodigalidade, teve de ficar muito tempo no quinto compartimento; e, por não ter declarado publicamente a sua conversão ao cristianismo, precisou ficar muito tempo no quarto compartimento. Virgílio o informa a respeito de muitos ilustres personagens da antiguidade que estão no Limbo. Chegando os Poetas ao sexto compartimento, encontram uma árvore cheia de pomos perfumados, da qual saem vozes que louvam a virtude da temperança.

O anjo atrás já tínhamos deixado,
Que para o sexto círculo nos guiava,
Um P na fronte havendo-me apagado.

E à turba, que a justiça desejava,
Tinha dito *Beati* docemente[206]
Com sítio e, após tais vozes, se calava.

Mais que em toda a jornada antecedente
Eu, ligeiro, seguia sem fadiga
Os Vates, que subiam velozmente.

---

[206] São Mateus V, 6: *Beati qui esurient et sitium justitiam* (Bem-aventurados os que têm fome e sede de justiça). (N. T.)

"Aquele amor, com que virtude instiga,
Reproduz", disse o Mestre, "a própria chama
Mostras de si apenas dar consiga.

Dês que, da vida terminada a trama,
Do inferno ao limbo, Juvenal[207] descendo,
Saber me fez o afeto, que te inflama,

Tão vivo bem-querer sabe te rendo,
Quanto haver pode a incógnita pessoa,
Contigo ora suave andar me sendo.

Mas dize (e como amigo me perdoa,
Se em falar há nímia confiança
E em prática amigável arrazoa):

Como avareza fez em ti liança
Com ciência, que o estudo te alcançava
E em que punhas cuidados e esperança?"

Às palavras do Mestre pronto estava
Estácio, e lhe sorrindo: "O que me hás dito
Penhor caro é de afeto", lhe tornava.

"Muitas vezes da dúvida o conflito
Por aparência errônea é suscitado,
Até que a exata causa surja ao esp'rito.

Fica em tua pergunta declarado
Creres que eu fora avaro noutra vida,
Por ser no círculo a avaros destinado.

---

207 Poeta satírico latino. (N. T.)

A Divina Comédia – Purgatório

Pois sabe que a avareza repelida
Por mim foi nimiamente, e a demasia
De luas em milhares foi punida.

Minha alma eterno fardo volveria,
Se atenção tanta em mim não despertasse
A indignação, que nos teus versos via,

Quando lançaste dos mortais à face:
'A que extremos impeles os humanos,
Fome de ouro sacrílega e rapace!'

Então do excesso em despender, os danos
Aprender pude, agro pesar sentindo
Desse pecado e de outros tantos insanos.

Chorarão, tosquiados ressurgindo,
Quantos não têm sabido à penitência
Dar-se em vida ou sua hora extrema em vindo!

Cada culpa e a que tem contrária essência
Aqui a pena dão conjuntamente,
No martírio expurgando a virulência.

Estive entre essa turba penitente,
Que o desvario chora da avareza
Por ter sido no oposto renitente".

"Quando cantaste de armas a crueza,
Que duplamente molestou Jocasta[208]",
Disse o cantor da pastoril simpleza,

---

208 Mãe de Eteocles e Polinices, irmãos inimigos que originaram a guerra de Tebas. (N. T.)

DANTE ALIGHIERI

Pois que de Clio[209] então o ardor te arrasta,
Inda o fervor da fé não te incendia,
E o bem sem fé para salvar não basta:

Que Sol, que estrela, em treva tão sombria
Te aclarou e dessa arte alçar pudeste
Velas após o pescador[210], que se ia?"

"Primeiro", disse Estácio, "tu me deste
Do Parnaso a beber na doce fonte
E de Deus santa luz ver me fizeste.

Hás sido, como à noite o guia insonte,
Que leva a luz, mas o seu bem não prova,
E aqueles serve, de quem vai na fronte,

Quando disseste O século se renova,
Volta a justiça, volta a idade de ouro,
E progênie do céu descende nova",

Por ti ganhei a fé, de vate o louro:
Isto deve, porém, ser-te explicado;
Dê ao desenho a cor de claro o foro,

Já 'stava o mundo inteiro alumiado
Da vera crença que do reino eterno
Os mensageiros tinham propagado.

O vaticínio teu, Mestre superno,
Aos predicantes novos se adatava;
Por isso, os frequentando, o bem discerne.

---

209 Musa da história. (N. T.)
210 São Pedro. (N. T.)

A Divina Comédia – Purgatório

Tanto a virtude sua me enlevava,
Que, quando os perseguiu Domiciano[211],
Ao pranto seu meu pranto acompanhava.

Enquanto estiver no viver humano,
Dei-lhes socorro e o seu exemplo austero
Ódio inspirou-me às seitas do erro insano.

Antes já de cantar o cerco fero
De Tebas no batismo renascera:
Mas, de medo, ocultei meu crer sincero.

Gentio largo tempo eu parecera;
Por isso hei tantos séculos padecido
No círculo quarto; a pena merecera.

Tu a quem devo, pois, ter conseguido
O véu rasgar, que tanto bem cobria.
Pois que tempo em subir é concedido,

Onde Terêncio diz-me ora estancia?
Onde está Plauto Varro com Cecílio?
A qual parte do inferno a culpa os lia?"

Aqueles, Pérsio e eu[212], – tornou Virgílio –
E os outros mais o Grego[213] acompanhamos
Predileto das Musas; lá no exílio

Do círculo primeiro demoramos
Vezes frequentes do famoso monte,
Das Camenas assento praticamos.

---

211 Imperador romano que reinou do ano 81 d.C. ao 96 d.C. (N. T.)
212 Terêncio, Plauto Varro, Cecílio, Pérsio: poetas latinos. (N. T.)
213 Homero. (N. T.)

DANTE ALIGHIERI

Eurípede é conosco e Anacreonte,
Simônide, Agaton e outros inda[214]
Gregos, que cingem de laurel a fronte.

Estão heroínas, que cantaste: a linda
Antígone, Deifile com Argia[215],
Ismênia[216], em quem tristeza nunca finda;

Vê-se também a que mostrou Langia[217],
Tétis[218] se vê e de Tirésia a filha[219],
E das irmãs Deidama[220] em companhia."

Os dois, da poesia maravilha,
Calaram-se, ao que os cerca atentos 'stando,
Vencida sendo da subida a trilha.

Das ancilas do dia atrás ficando
A quarta, logo a quinta se jungia
Ao carro ardente, ao alto o encaminhando,

Quando o Mestre "Eu suponho" nos dizia
Que nós à destra caminhar devemos,
Volteando, como antes se fazia".

Desta arte na experiência a mestra havemos,
E no andar prosseguimos confiados,
Porque de Estácio o assenso recebemos.

---

214 Eurípedes, Simônides, Anacreonte, Agaton: poetas gregos. (N. T.)

215 Antígone, filha de Édipo, rei de Tebas; Deifile, esposa de Tideo; Argia, esposa de Polinice. (N. T.)

216 Filha de Édipo. (N. T.)

217 Isifiles, que mostrou o rio Langia às tropas sedentas de Adrastro. (N. T.)

218 Mãe de Aquiles (N. T.)

219 Dafne. (N. T.)

220 Filha do rei Licomedes. (N. T.)

A Divina Comédia – Purgatório

Iam diante os Vates afamados,
E eu logo após, nas vozes escutando
Arcanos da poesia sublimados,

Eis rompe esse colóquio doce e brando
Uma árvore, que à estrada em meio achamos:
Lindos pomos na fronde estão cheirando.

Vão para cima decrescendo os ramos
De abeto; estes descendo diminuem:
Para alguém não subir – acreditamos.

Límpidos jorros do penedo ruem
Da parte, em que a montanha a entrada mura;
Sobre as folhas em rocio as gotas fluem.

Estácio com Virgílio se apressura
Para essa árvore, quando voz, da fronde,
Gritou: "Não gozareis desta doçura!

Maria (e o seu desejo não se esconde)[221]
Atende mais das bodas à grandeza
Que ao seu gosto; e por vós ora responde.

Das Romanas à antiga singeleza
Água bastava; e Daniel[222] ciência
Logrou, tendo em desprezo a régia mesa.

---

221 A mãe de Jesus, para honrar a festa dos noivos de Caná, pediu ao filho que transformasse a água em vinho. (N. T.)

222 O profeta Daniel que adquiriu sabedoria pela sua abstinência. (N. T.)

DANTE ALIGHIERI

Chamou-se de ouro a idade da inocência;
Fez as glandes a fome saborosas;
Água em néctar tornou da sede a ardência.

Ao Batista iguarias bem gostosas
Mel, gafanhotos foram no deserto:
Assim fez grandes obras gloriosas,

Como pelo Evangelho ficou certo".

CANTO XXIII

No sexto compartimento estão as almas dos gulosos. Elas são atormentadas pela fome e pela sede; Dante descreve a sua horrível magreza. O Poeta reconhece o seu parente Forense Donati, o qual louva a sua viúva, Nella, e repreende a impudicícia das mulheres florentinas.

Fitava os olhos sobre a rama verde,
Qual caçador, que após um passarinho,
Correndo, parte da existência perde.

Quando o que me era mais que pai: "Filhinho,
O tempo", disse, "que nos está marcado,
Quer mais útil emprego. Eia! a caminho!"

Voltando o rosto, a passo acelerado
Os sábios sigo e, atento ao que falavam,
Não me sentia, andando, fatigado.

Plangentes vozes súbito entoavam
Labia, Domine, mea[223] por maneira,
Que piedade e prazer me provocaram.

---

223 Verso 17 do Salmo 50: "Abre-me os lábios, ó Senhor, e a minha boca te louvará". (N. T.)

Dante Alighieri

"Do que ouço", disse então, "ó Pai, me inteira".
"Almas", tornou, "talvez que o meio tentam,
Que o peso à sua dívida aligeira".

Peregrinos solícitos que atentam
Só na jornada, achando estranha gente,
Vontam-se apenas, mas o passo alentam:

Tal após nós vem turba diligente;
Em devoto silêncio se acercava;
Olhou-nos e afastou-se prestamente.

Os olhos encovados nos mostrava,
Pálida a face e o rosto descarnado,
Sobre os ossos a pele se estirava.

Não creio que Erisícton[224] devastado
Tanto da fome horrível estivesse
Quando das forças viu-se abandonado.

Eu cogitava: "O povo aqui padece[225],
Que Solima perdeu, quando Maria
Carnes comeu ao filho, que perece".

Cada olho anel sem pedra parecia:
O que na humana face lesse omo[226]
Bem claro o M aqui distinguiria.

---

224 Erisícton, tendo injuriado a Geres, foi punido com fome insaciável. (N. T.)

225 O povo de Jerusalém sofreu tanto a fome que, segundo o historiador hebreu Flavio José, uma mulher chamada Maria comeu o seu próprio filho. (N. T.)

226 Na face humana, está escrita a palavra "omo" (homem), os olhos representando os dois "o", e o nariz com as sobrancelhas, o "m". (N. T.)

A Divina Comédia – Purgatório

Quem crer pudera, não sabendo como,
Efeito de desejo ser, nascido
Do frescor de água, junto a odor de pomo?

Atônito inquiria o que haja sido
De tal fome a razão, não manifesta,
Que tal magreza tenha produzido,

Eis lá da profundez da sua testa
Uma alma olhos volvia e me encarava,
Gritando: "Mereci graça como esta?"

Quem fora o gesto seu não me indicava;
Mas tive pela voz prova segura
Do que o aspecto seu não revelava.

Foi súbito clarão em noite escura,
Do rosto avivou traços deformados
Forese[227] conheci nessa figura.

"Ai! não fiquem teus olhos assombrados",
Dizia, "a lepra ao ver que me descora,
E estes ossos mesquinhos, descarnados!

Dize a verdade de ti próprio agora:
De quais almas te vejo companheiro?
Não haja, rogo, em responder demora".

"Como outrora é meu dó tão verdadeiro,
Vendo-te o vulto que chorei já morto,
Tão diferente do que era de primeiro,

---

227 Forese Donati, parente de Dante, morto em 1296. (N. T.)

Dante Alighieri

Dize, por Deus, por que és tão sem conforto:
Tolhe-me a fala a vista, que me espanta;
Responder-te não posso, em mágoa absorto".

"De tal poder", tornou, "essa água e planta
Sabedoria eterna tem dotado,
Que consumação em mim produziu tanta.

Os que o rosto, cantando, têm banhado
De pranto, havendo entregue à gula a vida,
Sobem, na fome e sede, o santo estado.

A fome, a sede sente-se incendida
Dos pomos pelo aroma e por frescura
Das águas, sobre as ramas espargida.

Cada vez que giramos na fragura,
Revive nossa pena e mais agrava;
Erro chamando pena o que é doçura.

Esse desejo ardente de nós trava,
Que fez Cristo dizer 'Eli[228]!' contente,
Quando o sangue em prol nosso na Cruz dava".

"Forese" hei respondido incontinenti,
Dês que deixaste a terreal morada
Passaram-se anos cinco escassamente;

---

228 Cristo crucificado, pouco antes de morrer, disse: "Eli, Eli, lamma sabactani", isto é: "Meu Deus, meu Deus, por que me desamparaste?" (N. T.)

A Divina Comédia – Purgatório

Se a força de pecar estava esgotada
Antes de vir da dor bendita a hora,
Em que alma é com seu Deus conciliada,

Como te vejo nesta altura agora?
Lá embaixo encontrar-te acreditara,
Onde o tempo com tempo se melhora".

"Conduziu-me tão cedo Nela cara,
Por pranto, que incessante há derramado,
Do martírio a tragar doçura amara.

De orações e suspiros sufragado
Assim, me alcei da encosta, onde se espera,
E fui dos outros círculos resgatado.

Tanto mais Deus com dileção esmera
Aquela, que extremoso amei na terra,
Quanto, só, em virtude ela é sincera.

Pois a Barbagia de Sardenha encerra
Mulheres por pudor bem mais notadas,
Que a Barbagia, onde o vício acende guerra.

Queres tu, doce irmão, manifestadas
Ideias minhas? Pouco dista o dia
Das vozes nesta prática empregadas,

Em que proíba o púlpito a ousadia
Das impudentes damas florentinas,
Que têm, mostrando os seios, ufania.

Morais ou quaisquer outras disciplinas
Hão mister para andarem bem cobertas
As mulheres pagãs ou marroquinas?

Mas, se tais despejadas foram certas
Do castigo, que está-lhes iminente,
Bocas teriam para urrar abertas.

E, se, antevendo, não me engana a mente,
Grande angústia hão de ter antes que nasça
Barba ao que em berço embala-se inocente.

Ah! de dizer quem sejas faz-me a graça!
Não por mim; mas a turba atenta mira
Teu corpo e a sombra, que com ele passa".

"Se agora à mente", eu disse, "te surgira
O que outrora um pra o outro havemos sido,
Desprazer inda agudo te pungira.

Há pouco, me há do mundo conduzido
Quem me precede; havia então rotunda
A irmã do que vês aparecido".

E o Sol mostrei. "Por noite a mais profunda
Dos verdadeiros mortos me há guiado,
Quando a carne inda os ossos me circunda.

Tenho depois, por ele confortado,
Desta montanha pelos círculos vindo,
Que em vós corrige o que trazeis errado.

A Divina Comédia – Purgatório

Quanto disse, acompanha-me, cumprindo
'Té onde a Beatriz veja o semblante:
Então sem ele avante irei seguindo.

Ei-lo! É Virgílio o guia meu constante!
É aquele outro a sombra venturosa
Por quem o vosso reino, vacilante,

Tremeu, quando partiu-se jubilosa".

CANTO XXIV

Forese mostra a Dante outras almas de gulosos, entre as quais a de Bonagiunta de Lucca, que prediz ao Poeta que se enamorará de uma mulher da sua cidade, e lhe louva o estilo da poesia. Procedendo, os Poetas encontram outra árvore e ouvem outros exemplos de intemperança castigada.

Não era o passo e o praticar mais lento
Um do que outro; igualmente prosseguiam,
Qual nau servida por galerno vento.

As sombras, que duas vezes pareciam
Mortas, nos cavos olhos grande espanto,
De estar eu vivo certas, exprimiam.

Eu, a falar continuando, entanto,
Disse: "Conosco para ir retarda
Sua ascensão essa alma ao reino santo.

Mas, rogo-te declara: onde é Picarda[229]?
Afamada por feitos há pessoa
Entre a gente, que sôfrega me esguarda?"

---

229 Irmã de Forese Donati. (N. T.)

A Divina Comédia – Purgatório

"Tanto era minha irmã gentil e boa
Que não sei qual foi mais: triunfa leda
No Olimpo, onde alcançou formosa coroa.

Nomes dizer de mortos não se veda",
Forese torna; e logo ajunta:
"Tanto a fome as feições nossas depreda!

Este que vês de Lucca é Bonagiunta[230];
E aquela alma (seu dedo ia apontando),
Mais que todas desfeita, que lhe é junta,

Foi Tours[231]; já na Igreja exerceu mando.
está, por jejuns, anguilas de Bolsena,
Ver na ceia, afogadas, expurgando".

Muitos mais nomeou, que sofrem pena;
E todos demonstravam 'star contentes
De ouvir dizer Forese o que os condena.

Em vão de fome vi mover os dentes
Ubaldino de Pila e Bonifaço[232],
Que regeu com seu bago muitas gentes.

Misser Marchese[233] vi, que largo espaço
Com menos sede em Forli consumia.
Em beber; mas julgava-o inda escasso.

---

230 Bonagiunta degli Orbicciani, poeta contemporâneo de Dante. (N. T.)

231 O papa Martinho IV, que foi cônego da catedral de Tours. (N. T.)

232 Ubaldino de Pila, de nobre família pisana. Bonifaço: Bonifazio dei Fieschi, arcebispo de Ravenna. (N. T.)

233 Messer Marchese de Rigogliosi, gentil-homem de Forli. (N. T.)

DANTE ALIGHIERI

Mas, como o que repara e que aprecia
Escolhendo, ao de Lucca eu me inclinava,
Porque mais conhecer-me parecia.

Submissa voz da boca lhe soava,
Causa do mal, que trouxe-lhe o castigo:
Gentucca[234] ou não sei que pronunciava.

"Ó alma", disse, "que falar comigo
Queres, ao claro te explicar procura:
Satisfeita serás como contigo.

Mulher nasceu, mas inda é virgem pura,
Por quem", torna, "hás de amar minha cidade,
Posto assunto haja sido de censura.

Este prenúncio levas da verdade;
Se por meu murmurar te hás enganado,
Trazer-te há de o porvir à claridade,

Se vejo aquele diz, que à luz há dado
Versos novos, que assim têm seu começo:
Damas que haveis de amor na mente entrado[235]".

"Que vês em mim", lhe respondi, "confesso
Quem escreve o que somente Amor lhe inspira:
O que em meu peito diz falando expresso.

---

234 Senhora de Lucca, que Dante amou, quando em 1314 esteve em Lucca na casa do seu amigo Uguccione della Faggiuola. (N. T.)

235 Primeiro verso de uma canção de Dante em louvor de Beatriz. (N. T.)

A Divina Comédia - Purgatório

O óbice ora vejo que eu não vira
Que ao Notário[236] a Guittone[237] a mim tolhia
O doce estilo da moderna lira.

As vossas plumas vejo que à porfia
Seguem de perto o inspirador potente;
Tanto alcançar às nossas não cabia.

Quem, por mais agradar, mais alto a mente
Erguer que, não discerne um do outro estilo",
Disse e calou-se de o dizer contente.

Como aves, que no inverno o noto asilo
Buscando ora num bando incorporadas,
Ora em fila apressadas vão-se ao Nilo,

Essas almas assim já demoradas,
Volvendo o rosto rápidas fugiram,
Da magreza e vontade auxiliadas.

Como aquele a quem forças se esvaíram
Correndo afrouxa os passos para o alento
Cobrar, em quanto os sócios se retiram;

Forese assim que a passo andava lento
Deixou passar a santa grei dizendo:
"Quando de ver-te inda terei contento?"

"Quanto haja de viver", fui respondendo,
"Não sei; por menos que me dure a vida
Mais ao seu termo os meus desejos tendo.

---

236 Jacopo de Lentini. (N. T.)
237 Guittone de Arezzo. (N. T)

Que onde foi a existência concedida
Mais escassa a virtude é cada dia:
Ruína espera triste e desmedida".

"O que mor culpa tem[238]", me retorquia,
"À cauda de um corcel vejo arrastado
Ao vale, onde o pecado não se expia:

Vai sempre, sempre mais acelerado
Aquele bruto na carreira fera:
Fica vilmente o corpo lacerado.

Não há de girar muito cada espera
(Para o céu se voltava) antes que seja
Claro o que te explicar eu não pudera.

Adeus, porém: quem neste reino esteja
Ao tempo dê seu preço verdadeiro;
O que eu perco ao teu lado já sobeja".

Como a campanha deixa um cavaleiro,
A galope veloz se arremessando,
Por ter na liça as honras de primeiro:

Forese assim de nós foi-se alongando.
Fiquei dos dois espíritos ao lado,
Que o mundo está por mestres proclamando.

---

238 Corso Donati, irmão de Forese, chefe do partido (Guelfos) dos Pretos, foi assassinado em
1308. (N. T.)

A Divina Comédia – Purgatório

Quando em distância tanta era apartado,
Que as vistas nesse andar o acompanharam,
Como a mente ao que havia revelado.

Eis perto aos olhos meus, que se voltaram,
De outra árvore de pomos carregada
Os ramos vicejantes se mostraram.

As mãos alçava multidão cerrada
À fronde em brados; turba semelhava
De infantes, por desejos vãos turbada,

Um objeto implorando a quem negava,
E que o mostrando ainda mais acende
Desejo, que a cobiça lhes agrava.

Foi-se, porém, porque ninguém a atende.
Da grande árvore então nos acercamos,
Que a todo o rogo e pranto desatende.

Uma voz de entre as folhas escutamos:
"Ide-vos logo; não chegueis ao perto!
Eva o fruto há mordido de outros ramos:

'Stão longe estes de lá provêm decerto".
Então de lado os passos dirigimos,
Unidos no caminho, que era aberto.

"Lembrai esses malditos[239]", inda ouvimos,
Filhos das nuvens, duplos na figura,
Que atacaram Teseus, ébrios cadimos;

E os que em beber acharam tal doçura,
Que os não quis Gedeão na companhia[240],
A Madiã marchando lá da altura".

Por junto à borda o passo se volvia,
E as penas escutamos dos pecados
Mortais, que outrora a gula cometia.

Já pela estrada solitária entrados,
Demos mais de mil passos inda avante,
Contemplando, em silêncio mergulhados.

"Em que cismais vós outros?", retumbante
Soou voz. Fiquei logo em sobressalto
Como o corcel de medo titubante.

Para ver levantei a fronte ao alto:
Aos olhos, dera em fusão, no forno ardente,
Vidro ou metal não dera igual assalto,

Como o anjo que eu vi resplandecente.
Dizia: "A volta dai para a subida!
Quem quer paz para aqui vai certamente".

---

239 Os Centauros, que foram mortos por Teseu quando tentavam raptar Ipodamia. (N. T.)

240 Os soldados hebreus que Gedeão, seguindo os conselhos de Deus, não quis por companheiros, porque beberam avidamente, ajoelhando-se na fonte. (N. T.)

A DIVINA COMÉDIA – PURGATÓRIO

Daquele aspecto a vista foi tolhida:
Como quem pelo ouvido os passos guia,
Fui caminhando, aos Vates em seguida.

E qual aura de maio, que anuncia
A alvorada, das flores espalhando
E das ervas o aroma, que extasia,

Tal sobre a fronte um sopro senti brando,
Senti mover-se a pluma: então rescende
Odor celeste, o olfato me enlevando

Dizer senti: "Feliz o que se acende
Na Graça o que, da gula desligado,
Ao sabor do apetite não se prende,

Comendo quanto é justo sem pecado!"

CANTO XXV

Subindo por estreita senda, do sexto ao sétimo e último compartimento, Dante pergunta a Virgílio como podem emagrecer as almas, que não precisam de alimento. Respondem-lhe Virgílio, antes, e depois Estácio. Este fala da geração do corpo do homem, da alma que nele Deus infunde, e da maneira de existência depois da morte. O compartimento no qual acabam de chegar está cheio de flamas, nas quais estão se purificando as almas dos luxuriosos.

Para subir o tempo nos urgia;
Meridiano ao Tauro o Sol já dera[241],
Bem como a noite ao escorpião cedia

Qual viajor, que o passo não modera,
Que em nada atenta e sempre segue avante,
Se em seu querer necessidade impera,

Nós penetramos no rochedo hiante,
Por escada estreitíssima subindo,
Que obriga um ir atrás outro adiante.

---

241 No hemisfério do Purgatório, eram duas horas da tarde; no hemisfério antípoda, eram duas horas depois da meia-noite. (N. T.)

A Divina Comédia – Purgatório

Da cegonha o filhinho, asas abrindo,
Por voar logo, encolhe-as e não tenta
Deixar o ninho, esforço não sentindo:

Tal o desejo em mim ferve e arrefenta
De perguntar chegando quase ao ato
De quem para dizer se experimenta.

O Mestre, sem parar, pressente o fato:
– Tens da palavra o arco", diz, "tendido,
Deixa a seta partir; não sê coato".

De confiança então já possuído,
Falei: "Como é possível fique magro
Quem não precisa mais de ser nutrido?"

"Se recordaras", torna, "Meleagro[242]
Que, em ardendo um tição se consumia
Isso não fora de entender tão agro.

Também de fácil crença te seria,
Se no espelho notaras que o teu rosto,
Segundo te movesses, se movia.

Por dissipar-se a dúvida ao teu gosto,
Eis Estácio, a quem rogo fervoroso
Seja a dar-te o remédio bem disposto".

"Se eu o eterno conselho explicar ouso",
Disse Estácio, "quando és, Mestre, presente,
Ao teu querer me curvo respeitoso.

---

242 Personagem de Ovídio ao qual, ao nascer, as fadas predisseram que a sua vida estava ligada a um tição. Sua mãe Alteia guardou o tição para preservar-lhe a vida; mas, depois, irada contra o filho, o lançou ao fogo no qual se consumiu, e Meleagro morreu. (N. T.)

Dante Alighieri

Se, filho, o que eu disser guardas na mente,
Hás de ter", prosseguiu, "esclarecidas
Essas dúvidas tuas prontamente[243].

Sangue puro, que as veias ressequidas
Não bebem, que de parte permanece
Quais viandas em mesas bem providas,

Do coração tomou que lhe oferece
Virtude de que a forma aos membros veio,
Como o que às veias por fazê-los desce;

Ainda, elaborado, desce ao seio
De canal que não digo; após, unido
Em vaso é natural com sangue alheio.

É ali com outro confundido,
Paciente sendo um, sendo outro ativo,
Pela perfeita sede, em que há nascido.

Trabalho então começa produtivo
Coagulando e depois vivificando
O condensado efeito primitivo:

Em alma a força ativa se tornando,
Como em planta, é, no entanto, diferente:
Para a planta, vai a alma caminhando.

Prosseguindo, já move-se, já sente,
Como o fungo marinho; e logo emprende
Os sentidos, que em si tem qual semente.

---

243 Nos 7 tercetos a seguir (versos 37 a 57), é descrita a forma da geração humana. (N. T.)

A Divina Comédia - Purgatório

Ora contrai-se, filho, ora se estende
A força genetriz, do peito vinda,
Donde natura em todo o corpo entende.

Mas, filho meu, não sabes certo ainda
Como a ser vem um ente cogitante:
É ponto em que um mais sábio[244] no erro finda;

Pois, na doutrina sua extravagante,
Distinto da alma fez o entendimento
Possível, não lhe vendo órgão bastante.

Abre à luz da verdade o pensamento:
Vê que, no feto os órgãos em chegando
Do cérebro ao perfeito acabamento,

O Primeiro Motor[245], ledo encarando
Da natureza tal primor, lhe inspira ,
Esp'rito, em que virtudes 'stão brilhando,

E que ativo alimento dali tira
Para a própria substância; e alma se forma,
Que vive e sente e pensa e em si regira.

Com meu dizer tua mente se conforma,
Notando que do Sol calor em vinho,
Da uva ao sumo unido, se transforma.

---

244 O filósofo Averróes, que, não encontrando no homem um órgão especial para o pensamento,
como os olhos para ver, as orelhas para ouvir etc., concluiu que o intelecto era disjunto da alma do
homem. (N. T.)
245 Deus. (N. T.)

Dante Alighieri

O esp'rito, se Laquésis[246] não tem linho,
Deixa a carne e virtude, traz consigo
Dotes, que teve no corpóreo ninho.

Sobem de ponto no valor antigo
A memória, a vontade, o entendimento,
Da mudez o mais fica no jazigo.

Cai logo, de espontâneo movimento,
Por maravilha, numa ou noutra riba,
Onde há do rumo seu conhecimento.

Vindo a lugar, que o circunscreva e iniba,
Da força informativa é rodeado,
Como em membros que a morte nos derriba.

Bem como o ar de chuva carregado,
Se dos raios solares é ferido,
De cores várias mostra-se adornado,

O ar vizinho assim fica inserido
Nessa forma, que desde logo amanha
Virtualmente o esp'rito ali contido;

E semelhante ao fogo, que acompanha
Labareda, com ele se movendo,
Cada alma segue aquela forma estranha.

Aparência de forma nela havendo
Sombra se chama; e, após, ela organiza
Sentidos, o da vista compreendendo.

---

246 A Parca que fia o estame da vida. (N. T.)

A Divina Comédia – Purgatório

Fala, ri-se, ama, odeia ou simpatiza,
Exala dor, carpindo ou suspirando:
Neste monte já tens prova precisa.

Segundo está sofrendo ou desejando,
Da alma também altera-se a figura:
Vê, pois, o que a magreza está causando".

Voltando à mão direita, da tortura
Entramos pela estância derradeira:
Então preocupou-nos outra cura.

Flamas brotava aqui a ribanceira,
Aura ativa da estrada respirava:
Subindo, as rechaçava sobranceira.

Ao longe da árdua borda caminhava
Um por um: precipício temoroso
De um lado, e do outro o fogo eu receava.

Disse Virgílio: "Aqui bem cauteloso
Deve aplicar aos olhos seus o freio
Quem não quiser dar passo perigoso".

Summae clementiae Deus[247] estavam no seio
Do grande incêndio as almas entoando,
E de voltar-me o ardor então me veio.

---

247 *Summae Deus clementiae* (Deus de suprema clemência): hino eclesiástico com o qual se
roga a Deus que nos livre da luxúria. (N. T.)

Vi nas chamas espíritos andando:
Aos movimentos seus, aos meus estava
Atento, a vista a uns e a outros dando.

E quando aquele cântico findava
Virum non cognosco[248] alto se ouvia,
E o cântico em tom baixo renovava.

E, terminando, o coro repetia:
"Diana expulsa da floresta Hélice[249]
Que o veneno de amor tragado havia".

Cantaram; cada qual como antes disse
Esposas e maridos, que hão guardado
A fé, que Deus mandou sempre os unisse:

Este modo há de ser, creio, alternado,
Enquanto os rodear a chama ardente:
A chaga por tal bálsamo e cuidado

Há de ser guarnecida finalmente.

---

248 *Virum non cognosco* (Eu não conheço homem algum): palavras da Virgem Maria ao arcanjo Gabriel. (N. T.)

249 Hélice, ou Calixto, que foi expulsa da sua companhia por Diana (que sempre se manteve virgem) por ter sido seduzida por Júpiter. (N. T.)

CANTO XXVI

Entre os luxuriosos e os que pecaram contra a natureza, Dante encontra o poeta Guido Guinizelli, ao qual exprime a sua profunda admiração. Guido lhe aponta o poeta provençal Arnaud Daniel, que o saúda em versos provençais.

Enquanto irmos a borda costeando.
Um após outro, o Mestre repetia:
"Eu te previno, vai com tento andando!"

O Sol pela direita me feria;
Purpureava a luz todo o poente:
Do céu o azul de branco se tingia.

Com a sombra minha ainda mais rebente
Parece a flama; e as almas, que passavam,
Notando-a davam-me atenção ingente.

Nessa estranheza ensejo deparavam
Para, entre si, conversação travarem.
"Não é fictício o corpo seu", falavam.

Quando podiam, mas tendo cuidado,
Avançavam por mais certificarem,
O fogo expiatório em não deixarem.

DANTE ALIGHIERI

"Tu, que vais após outros colocado,
Mostrando ser, não tardo, respeitoso,
Responde: em fogo e sede ardo, abrasado.

Não sou eu só de ouvir-te desejoso:
Quantos vês da resposta sentem sede
Mais que Etíope da água cobiçoso.

Diz-nos como o corpo teu parede
Oponha desta sorte à luz do dia:
Não te colheu da morte acaso a rede?"

Uma sombra falou-me. Eu pretendia
Logo explicar; porém fui distraído
Pelo que então de novo aparecia.

Pelo caminho andando escandecido,
Outra grei ao encontro veio desta:
Atalhei-me, em mirar pondo o sentido.

De parte a parte se dirige presta
Uma alma a outra; osculam-se e em seguida
Vão-se, contentes dessa breve festa.

Assim da negra legião saída,
Em marcha, toca em uma outra formiga,
Por saber do caminho ou sorte havida.

Separando-se após a mostra amiga,
Antes que o giro sólito transcorra
Cada uma grei em brados se afadiga.

A Divina Comédia – Purgatório

"Sodoma!", clama a última. Gomorra![250]"
E a outra: "Entrou Pasífae[251] na vaca,
Por que à luxúria sua touro acorra".

Como grous, de que um bando se destaca
Para os Rifeus[252] e o outro pra o deserto,
Pois calma ali e frio aqui se aplaca,

Uns se vão, outros vêm; voltando, ao perto
O hino se renova, e o pranto e o brado,
Que tem, qual mais convém, efeito certo.

Os mesmos, que me haviam perguntado,
De mim como inda há pouco, se acercaram:
'Stá desejo nos gestos desenhado.

Vendo ainda o que já manifestaram,
"Sabeis vós, que tereis de glória em dia,
Paz que os vossos martírios vos preparam,

Que inda não jaz meu corpo em terra fria;
Comigo vem na própria compostura,
Com seu sangue e seus membros – lhe dizia.

Minha cegueira aqui a luz procura:
Lá no céu santa Dama há conseguido
Que eu, vivo, por aqui me eleve à altura.

---

250 Ver *Inferno*, canto XI, 50; cidades que Deus destruiu por pecarem contra a natureza. (N. T.)

251 Ver Inferno, canto XII, 13. Mulher do rei de Creta que, para se unir com um touro, colocou-se em uma vaca de madeira; e desta união nasceu o Minotauro. (N. T.)

252 Montanhas da Moscóvia boreal. (N. T.)

DANTE ALIGHIERI

Dizei-me (e seja em breve concedido)
Quanto anelais, no céu, que é de amor cheio
E em que espaço mais amplo está contido!

Para que eu tenha de narrá-lo o meio,
Quem fostes e também que turba é aquela,
Que como hei visto ao vosso encontro veio".

Se o pasmo seu o montanhês revela,
Quando rude e boçal vê de repente
Quanto pode encerrar cidade bela,

Na grei não foi o efeito diferente.
Tornando sobre si, porém, do espanto,
Que se esvai logo em peito preeminente,

"Ditoso tu, que vendo o nosso pranto",
Respondeu quem primeiro há perguntado.
"Alcanças ao viver ensino santo!

Inquinaram-se aqueles no pecado,
Porque César outrora, triunfando,
Rainha, em vitupério, foi chamado[253].

Eis por que se acusavam se apartando,
Contra si de 'Sodoma!', alçando o brado,
Do fogo à pena o opróbrio acrescentando.

Hermafrodito foi nosso pecado;
Mas tendo as leis humanas transgredido
De brutos no apetite desregrado,

---

253 Conta Suetônio que os soldados de César, no triunfo que lhe foi concedido por ter vencido os Galos, cantavam: "César submeteu as Gálias, Nicomedes a César", aludindo às suas relações com o rei Nicomedes. (N. T.)

A Divina Comédia - Purgatório

Por nossa injúria o nome é repetido,
Quando partimos, da mulher impura,
Que em bestial figura besta há sido.

Se queres, vendo a nossa nódoa escura,
Do nome de cada um ser instruído,
Não sei, nem tempo para tal nos dura.

Mas o meu te farei bem conhecido;
Vês Guido Guinizelli[254]: o crime expia
Por se haver inda a tempo arrependido".

Quais, ante a fúria em que Licurgo ardia[255],
Os filhos dois achando a mãe, ficaram,
Tal sente, sem correr viva alegria,

Quando o nome essas vozes declararam
Do pai meu e do pai de outros melhores,
Que em doce metro amores decantaram.

Sem falar, sem ouvir perscrutadores
Longamente olhos meus o contemplaram:
Vedavam-me acercar do fogo ardores.

Depois que em remirá-lo se enlevaram,
Ao seu serviço declarei-me presto,
E solenes promessas o afirmaram.

"Imprimiu tal vestígio o teu protesto",
Tornou, "no peito meu agradecido,
Que fora além do Letes manifesto.

---

254 Célebre poeta bolonhês (1230-1276). (N. T.)

255 Ipsifile foi condenada à morte por Licurgo, rei da Nemeida, mas foi salva pelos dois filhos, que antes não a conheciam. (N. T.)

DANTE ALIGHIERI

Se hei de ti a verdade agora ouvido,
O que di'no me fez do sentimento,
Que tens na voz, nos olhos insculpidos?"

E eu: "Das rimas vossas o concento,
Que, enquanto usar-se do falar moderno,
Salvas hão de viver do esquecimento".

"O que te indico, irmão[256]", tornou-me terno
(E seu dedo outra sombra me apontava)
Mais primor teve no falar materno.

"Nos versos, nos romances superava
A todos: 'stultos só dizer ousaram
Que o Limosim[257] aquele avantajava.

Pelo rumor verdade desprezaram,
E, como arte e razão desconheceram,
Sem fundamento opinião formaram.

Assim muitos outrora procederam
Com Guittone[258] e o seu nome hão proclamado;
Mas verdade alfim todos conheceram.

E pois que o privilégio hás alcançado
De entrar nesse mosteiro portentoso,
Por Cristo, como abade governado,

Um Pater Noster diz por mim piedoso;
Quanto mister havemos neste mundo,
Onde ato algum não há pecaminoso".

---

256 O trovador Arnaud Daniel, que viveu na metade do século XII. (N. T.)

257 Gerault de Berneil de Limonges, outro trovador provençal. (N. T.)

258 Guittone de Arezzo, poeta aretino do século XII. (N. T.)

A Divina Comédia – Purgatório

Por dar lugar ao espírito segundo,
Já próximo, no fogo desparece.
Qual peixe, quando imerge de água ao fundo.

Acerquei-me da sombra que aparece,
E disse que ao seu nome apercebia
Meu desejo o lugar que assaz merece.

Logo assim livremente me dizia:
"Tão cortês vosso rogo é, que escutando,
Me encobrir não quisera ou poderia.

Arnaldo sou, que choro e vou cantando,
Triste os erros passados meus lamento,
E o fausto dia estou ledo esperando.

E peço-vos pelo alto valimento,
Que da escada a eminência ora vos guia,
Que em tempo vos lembreis do meu tormento".

E, após, ao fogo apurador se envia.

CANTO XXVII

Para chegar à escada que do sétimo e último compartimento leva ao cimo do monte, Dante é obrigado por um Anjo a atravessar as flamas. Pouco depois de ter começado a subir, o ar escurece e sobrevém a noite. Param e Dante, cansado, adormece. Despertado pela madrugada, os Poetas recomeçam a subir, chegando ao Paraíso Terrestre.

Como, quando os primeiros raios vibra
Lá onde Cristo sangue derramara,
Sotopondo-se o Ebro à excelsa Libra,

E, ao meio-dia, o Gange aquece e aclara
'Stava o Sol; declinando a luz já se ia[259]:
Eis ledo o anjo de Deus se nos depara.

Fora da flama, à borda ele se erguia,
Beati mundo corde modulando[260].
Em tom de voz, que a humana precedia.

---
259 O Sol surgia em Jerusalém; era meia-noite na Espanha. No Purgatório, o Sol tramontava. (N. T.)
260 Bem-aventurados os limpos de coração (São Mateus, Evangelho V, 8). (N. T.)

A Divina Comédia - Purgatório

"Para avante passar", acrescentando,
"Apurai-vos no fogo, almas piedosas!
Entrai, de além nos hinos atentando".

Lhe ouvindo ao perto as vozes sonorosas,
Sossobrei, como quem, perdido o alento,
Da tumba às trevas desce pavorosas.

Mãos cruzadas, quedei sem movimento;
De olhos na chama, os vivos relembrava,
Que das fogueiras vira no tormento.

A mim cada um dos Vates se voltava.
"Não temas, filho! Aqui dor se padece,
Mas não morte", Virgílio me exortava.

"Lembra! Lembra ou memória em ti falece?
Já sobre Gerião[261] levei-te a salvo:
De Deus mais perto, em mim virtude cresce.

Se destas chamas, crê, tu foras alvo
Em todo o espaço de um milheiro de anos,
De um só cabelo ficarias calvo.

Se cuidas no que digo haver enganos,
Te acerca e por ti próprio experimenta,
Ao fogo expondo de tua veste os panos.

Todo o temor do ânimo afugenta!
Vem, pois! Mostra que tens peito seguro!",
Ouvi, mas o valor meu não se aumenta.

---

261 Ver Inferno, canto XVII. (N. T.)

DANTE ALIGHIERI

Vendo-me ainda pertinace e duro,
Merencório me disse: "Ó filho amado,
De Beatriz a ti só este muro!"

De Tisbe ao nome, Píramo chegado
À morte, os olhos para vê-la abria,
Quando há seu sangue à amora cor mudado;

A resistência minha assim cedia.
A Virgílio volvi-me, o nome ouvindo,
Que sempre o pensamento me alumia.

Então a fronte meneou; sorrindo,
Como a infante, que um pomo há seduzido,
Disse: "Aqui ficaremos persistindo?"

Sou por ele no fogo antecedido;
Estácio, que antes sempre caminhara,
Depois de mim seguia a seu pedido.

Eu pelo fogo apenas penetrara,
Ardor tanto senti, que, pra recreio,
Em vidro derretido me lançara.

De confortar-me procurando o meio,
De Beatriz Virgílio assim falava:
"Seu gesto julgo ver de fulgor cheio".

Voz peregrina ouvi, que ali cantava:
Fora saímos nós, dos sons guiados,
Na parte, onde a subida se mostrava.

A Divina Comédia – Purgatório

"Vinde, ó vós de meu Pai abençoado!"
Do seio de um luzeiro retinia,
Tal que os olhos cerram-se ofuscados.

"Transmonta o Sol, a noite segue ao dia,
Não vos detende; a passo andai ligeiro,
Que o Ponente já trevas anuncia".

A trilha no penhasco sobranceiro
Direita sobe à parte em que tolhia
A sombra minha o lume derradeiro.

Vencido apenas nosso passo havia
Alguns degraus, a sombra, que fenece,
Mostra que o Sol já luz não difundia.

Antes que em todo apresentado houvesse
O imenso horizonte igual aspeito,
E a noite os seus véus todos estendesse,

Um degrau cada qual tomou por leito;
Que nos tirara da montanha a agrura,
Mais que o desejo de subir o jeito.

Como as cabras das penhas sobre a altura,
Antes de fartas, rápidas e ardentes,
Têm, ruminando, mansidão, brandura;

Pousam à sombra, enquanto o Sol candentes
Lumes despede, e as guarda o pegureiro
Com seu cajado e os olhos previdentes;

E como o guardador, que no terreiro
Quedo pernoita em sentinela aos gados
Contra assaltos do lobo carniceiro:

Assim nós três estávamos pousados,
Eu como cabra, os Vates quais pastores,
Da rocha a um lado e a outro conchegados.

Escassa aberta deixa ver fulgores
De estrelas, que do céu naquela parte,
Contemplava mais lúcidas, maiores.

Nessa vista engolfei-me por tal arte,
Que o sono me prendeu, sono que à mente
Do que há de ser a provisão comparte.

Naquela hora em que Vênus do Oriente
Seus lumes sobre o monte difundia,
Parecendo de amor 'star sempre ardente,

Jovem formosa em sonho ver eu cria,
Dama que em veiga amena passeando,
Flores colhendo, a modular dizia:

"Quem meu nome pedir, vá me escutando:
Sou Lia[262] e uma grinalda, cuidadosa,
Com as minhas belas mãos a tecer ando.

Mirar-me, hei de no espelho mais garbosa:
De sua mana, Raquel[263] se não separa,
Sentada o inteiro dia descuidosa.

---

262 Filha de Labão e primeira mulher de Jacó, símbolo da vida ativa. (N. T.)
263 Irmã de Lia e segunda mulher de Jacó, símbolo da vida contemplativa. (N. T.)

A Divina Comédia – Purgatório

De ver os belos olhos seus não para,
Como eu em me adornar sou diligente:
Ela contempla, eu trabalhar tornara!"

Já vem do dia o precursor esplendente,
Que tanto alenta a esperança ao peregrino,
Quando o seu lar já próximo pressente.

Fugia a treva ao lume matutino
– E com ela o meu sono: ergui-me ativo,
Dos mestres tendo no exemplo o ensino.

"O pomo, que é tão doce, quanto esquivo,
Que a ambição dos mortais procura ansiosa,
Hoje à fome há de dar-te o lenitivo".

Estas palavras proferiu donosa
Do Mestre a voz: janeiras não dariam
Jamais satisfação tão graciosa.

Tão vividos anelos me pungiam
De alar-me ao cimo excelso, que julgava
Que asas o passo meu favoreciam.

Quando a comprida escada terminava
E o pé firmamos no degrau superno,
Virgílio, me encarando, assim falava:

"O fogo temporário e o fogo eterno
Tens visto, filho, e a altura hás atingido.
Além de cuja extrema não discerno:

DANTE ALIGHIERI

Te hei com engenho e arte conduzido:
Seja-te agora o teu querer o guia;
Angústias e fraguras tens vencido.

Olha: o semblante o Sol já te alumia;
Flores, ervinhas, árvores virentes
Vê que a terra espontânea brota e cria.

Antes que os olhos venham refulgentes,
Que em teu prol me enviaram por seu pranto,
Repousa, ou pelos prados vai florentes.

Não mais te falo, nem te aceno, entanto;
Possuis vontade livre, reta e boa,
Cumpre os ditames seus: a ti, portanto,

Pois de ti és senhor, dou mitra e coroa".

CANTO XXVIII

O Poeta descreve a beleza do Paraíso Terrestre. Chegam Dante, Virgílio e Estácio perto de um rio que os impede de prosseguir. Do outro lado do rio, aparece uma mulher de maravilhosa beleza que discorre a respeito da condição do lugar, resolvendo as dúvidas que Dante lhe propõe.

Vagar já nos recessos desejando
Da selva divinal, vivida espessa,
Que ao novo dia o lume faz mais brando,

Daquela encosta a me afastar dou pressa.
Pela veiga me interno a passo lento,
Doce aroma sentindo, que não cessa.

Do ar, que circulava, o doce alento,
Mas sempre igual, a fronte me afagando,
Tinha o bafejo de suave vento.

As folhas, molemente balouçando,
Do santo monte à parte se inclinavam,
A que a sombra primeira vai baixando.

Mas, no meneio seu, não se acurvavam
Em modo, que na rama aos passarinhos
Os hinos perturbassem, que entoavam.

197

DANTE ALIGHIERI

Pousados ledamente entre os raminhos
Saudavam com seus cantos a alvorada
Da fronde os acordando aos murmurinhos;

Assim de Chiassi[264] no pinhal soada
De ramo em ramo corre quando a amara
Prisão, abre ao mestre Eolo[265] a entrada.

Com demorado andar eu caminhara
Na selva antiga tanto, que não via
Mais o lugar, por onde penetrara.

Eis andar um ribeiro me tolhia,
Que, à sestra deslizando-se, beijava
A ervinha, que às margens lhe crescia:

O cristal dessa linfa superava
Da terra água a mais pura e transparente;
Quanto continha em si patente estava.

Entanto, pela sombra permanente,
Que luz da lua ou Sol nunca atravessa,
Negreja aquela plácida corrente.

O pé detenho, e a vista se arremessa
Além do humilde rio, contemplando
Primores, com que maio se adereça,

Então se oferece aos olhos, como quando
De súbito um portento surge à mente,
De outro pensar qualquer a desviando,

---

264 Localidade (hoje destruída) perto de Ravena, onde ainda há um grande pinheiral. (N. T.)
265 Rei dos ventos. (N. T.)

A DIVINA COMÉDIA – PURGATÓRIO

Uma dama[266] sozinha de repente,
Que, cantando, escolhia, de entre as flores,
Que o chão cobriam de matiz ridente.

"Bela dama, que sentes os fervores
Do amor divino, se por teu semblante
Da tua alma julgar devo os ardores",

Assim falei, "se caminhar avante
Até perto do rio te aprouvera,
Te entendera esse canto inebriante.

Tão linda, em tal lugar, lembras qual era
Prosérpina[267], ao perdê-la a mãe querida
E ao perder também ela a primavera".

Qual menina, que em danças entretida,
Gira ligeira em terra deslizando,
Os passos troca e volve-se garrida,

Sobre o esmalte das flores se voltando,
A mim se dirigiu, como donzela
Que vai, modesta, os olhos abaixando.

Quanto o desejo meu sôfrego anela
Acercou-se e da angélica toada
Distinta pude ouvir a letra bela.

---

266 Matelda, como Dante dirá no Canto XXXIII, verso 119. Para a maior parte dos comentadores é Matilde, condessa de Canossa. (N. T.)

267 Prosérpina, filha de Ceres, que foi raptada por Pluto quando colhia flores no vale do Etna. (N. T.)

DANTE ALIGHIERI

Logo em chegando à borda em que banhada
A erva era da linfa cristalina,
De olhar-me fez a graça assinalada.

Não creio que na vista peregrina
De Vênus lume tal resplandecesse
Ao feri-la de amor seta mali'na.

Defronte aos olhos a sorrir se of'rece.
As mãos de lindas flores tendo plenas,
De que espontâneo o solo se guarnece.

A nós três passos interpõem apenas:
O Helesponto[268] que Xerxes transcendera,
Lição em que há para os soberbos penas,

Em Leandro[269] mais ódio não movera,
Quando entre Sesto e Ábidos nadava,
Do que o rio que tanto estorvo me era.

"Sois recém-vindos", ela assim falava,
"Meu riso ao ver-vos no lugar eleito
À humana raça, quando à luz brotava,

Talvez vos maravilhe por suspeito.
Se lembrado o salmo Delectasti[270],
De todo o engano vos será desfeito.

---

268 Estreito dos Dardanelos que Xerxes, rei da Pérsia, atravessara com uma ponte de barcos para invadir a Grécia e, que, derrotado, teve de atravessar novamente. (N. T.)

269 Leandro todas as noites atravessava a nado o Helesponto, da sua cidade Ábido a Sesto, onde morava a sua amante Heros. (N. T.)

270 Salmo XCI, 5. (N. T.)

A Divina Comédia – Purgatório

Tu, que estás adiante e me falaste
Que mais ouvir desejas? Eis-me presta
Explicação a dar-te, quanto baste".

"Esta água", torno, "e o som desta floresta
Opõem-se à minha fé na maravilha.
Que eu tinha ouvido e que é contrária a esta".

"Eu te direi a causa, de que é filha
A razão que te move essa estranheza;
Terás, em vez de névoa, a luz que brilha.

O Bem, que em si somente se embeleza,
Apto ao bem fez o home'; em arras deu-lhe
De eterna paz à edênica riqueza.

A culpa sua este alto dom tolheu-lhe;
A culpa sua em prantos, em desgostos
Os prazeres, os risos converteu-lhe.

A fim de que efeitos, que, compostos
São de eflúvios das águas e da terra,
Para o calor acompanhar dispostos,

Ao homem não fizessem qualquer guerra,
Tão alta há se elevado esta montanha,
Que é livre desde o ponto onde se encerra.

E porque todo o ar, por força manha,
Roda ao impulso do motor primeiro,
Quando estorvo nenhum seu giro acanha,

DANTE ALIGHIERI

Este cimo elevado e sobranceiro
Pelo éter vivo ao moto é tão batido,
Que o denso bosque remurmura inteiro:

E sendo em cada um tronco percutido,
A virtude transmite fecundamente
Ao ar, que a esparge, em torno revolvido.

A terra, como é apta, circunstante
Por si ou por seu céu plantas concebe
De gênero e virtude variante.

E pois, já claramente se percebe
Como planta há viçosa e florescente,
Quando o germe a terra não recebe.

Sabe que até jardim toda semente
Do que a terra produz em si compreende
E contém fruto ignoto à humana gente.

Esta água de uma origem não depende,
Que alimente vapor que em chuva desça,
Como rio que seca ou que se estende.

De fonte certa vem que nunca cessa,
Pois por querer que Deus tanta dimana,
Quanta aqui por canais dois se arremessa.

A que neste álveo que ora vês, se encana
Memória do pecado desvanece,
Aviva a outra a da virtude humana.

A DIVINA COMÉDIA – PURGATÓRIO

É Letes[271], se por ela o mal se esquece,
Eunoé[272] quando lembra: atuam quando
O gosto de uma e de outro homem conhece.

Saber igual aos outros comparando
Não existe ao desta água. Ao teu pedido
Satisfação hei dado assim falando.

Corolário, porém, lhe seja adido:
Não receio que assim te desagrade,
Indo além do que fora prometido.

Poetas que cantavam de ouro a idade
E sua dita, em Parnaso, certamente
Sonharam desta estância a felicidade.

Estirpe humana aqui fora inocente;
Eterna primavera aqui domina;
Foi este néctar, que inventou sua mente".

Então a vista aos Vates se me inclina.
Um sorriso em seus lábios se revela,
Esse conceito ouvindo, em que termina.

Rosto volvi depois à dama bela.

---

271 O rio do esquecimento. (N. T.)
272 O rio da boa recordação. (N. T.)

CANTO XXIX

Da floresta aparece um súbito esplendor. Dante vê avançar uma procissão de espíritos bem-aventurados em cândidas vestes, e, no fim da procissão, um carro tirado por um grifo. Ouve-se um trovão e o carro e o grifo param.

As vozes, que eu lhe ouvia, ela remata,
Qual dama namorada, assim cantando:
Beati quorum tecta sunt peccata[273]!

Como das ninfas o formoso bando,
Que nas umbrosas selvas sós andavam,
Qual ver, qual evitar o Sol buscando:

Contra o ribeiro os passos a levavam,
Sobre a margem seguindo lentamente;
E pelos seus os meus se regulavam.

Cinquenta assim andáramos somente,
Quando o álveo curvou a linfa pura,
E, pois, da banda achei-me do oriente.

---

273 Salmo XXX, l: "Bem-aventurados aqueles cujos pecados são perdoados". (N. T.)

A Divina Comédia – Purgatório

Pouco éramos avante na espessura,
Eis, voltando-se, a dama desta sorte
Falou-me: "Escuta, irmão, e ver procura".

Refulge de repente uma luz forte,
Por todo o espaço imenso da floresta.
Relâmpago julguei, que os ares corte.

Mas luz após relâmpagos não resta;
E o fulgor mais e mais resplendecia.
Disse entre mim: "Que maravilha é esta?"

Pelo ar luminoso se esparzia
Dulcíssima harmonia: e em zelo ardendo
De Eva o feito imprudente eu repreendia,

Pois, céu e terra a Deus humildes vendo,
A mulher só, que a vida começara,
Violava o preceito, os véus rompendo.

Se fiel fora e as ordens respeitara,
Mais cedo e por mais tempo essa morada,
Em delícia inefável, eu gozara.

Prosseguia, tendo a alma transportada
Nas primícias da eterna felicidade,
Em desejos mais vivos abrasada,

Quando vimos de intensa claridade
Sob a rama tornar-se o ar brilhante
E o som tomou de um hino a suavidade.

DANTE ALIGHIERI

Ó Musas, santas virgens, se, constante
Fome, frio, vigílias hei sofrido,
Da mercê vos rogar assoma o instante:

Das águas de Hipocrene bem provido
Para em metro cantar ideia imensa
De Urânia[274] e das irmãs seja eu valido!

De ver, um tanto além, eu tive a crença
Árvores sete de ouro: era aparência,
Emprestava a distância parecença.

Mas, quando me acerquei, quando a evidência
Provou-me quanto a semelhança engana,
Dando das cousas falsa inteligência,

A faculdade, que à razão aplana
O discurso, fez ver distintamente
Candelabros[275] e ouvir no hino: Hosana!

Cada qual flamejava refulgente,
Mais que no azul do céu rebrilha a lua
Da noite em meio, em seu maior crescente.

De pasmo, que no espírito me atua,
A Virgílio me volto; ele me encara:
Também revela espanto a vista sua.

---

274 A musa da astronomia. (N. T.)

275 No Apocalipse, São João vê sete candelabros de ouro, símbolos dos sete sacramentos ou dos
sete dons do Espírito Santo. (N. T.)

A Divina Comédia - Purgatório

Tornei-me ao lampadário, que não para,
Prosseguindo, porém, solene e lento:
Noiva ao altar mais presta caminhara.

Eis a dama gritou-me: "Por que atento
Às vivas luzes 'stás com tanto excesso,
Que desvias do mais o pensamento?"

Trajadas de alva cor a ver começo
Pessoas, que os luzeiros têm por guia:
Candor igual na terra não conheço.

Do rio a linfa à sestra resplendia:
Espelho, minha imagem, desse lado,
Oscilando, aos meus olhos refletia.

Dos lumes tanto estava apropinquado,
Que pelo rio só fiquei distante:
Parei, por ver melhor, maravilhado.

Esses clarões eu vi passar avante;
Trás si no ar matiz vário espalhavam,
A pendões desfraldados semelhante.

Sete listras bem claras desenhavam,
As cores que contém de Delia o cinto
Ou 'stão do Sol no arco, figuravam.

Cada estandarte, atrás asas distinto,
Se perdia à vista; entre eles pareciam
Dez passos se no cálculo não minto.

Por baixo de tão belo céu seguiam
Vinte e quatro anciões[276] emparelhados:
Brancos lírios as frontes lhes cingiam.

Todos cantavam juntos, compassados
"Entre as filhas de Adam sejas bendita!
Benditos teus excelsos predicados".

Quando da margem bem de fronte sita,
De fresca relva e flores guarnecida,
A grei se foi que alcançava a santa grita,

Como no céu a luz de outro é seguida,
Quatro animais[277] após se apresentavam,
Coroados de fronde entretecida:

A cada qual seis asas adornavam,
Cobertas de olhos tantos, quantos Argo[278]
Tinha, quando os seus vida gozavam.

De descrevê-los não faço cargo,
Leitor; a tanto ora me falta ensejo:
Nem posso neste ponto ser mais largo.

Contenta Ezequiel[279] o teu desejo:
Ele os viu, que, do norte se arrojando,
Vinham com vento, nuve', ígneo lampejo.

---

276 Ver Apocalipse IV, 4; símbolo dos vinte e quatro livros do Velho Testamento. (N. T.)
277 Símbolo dos quatro evangelhos. (N. T.).
278 Monstro mitológico que tinha cem olhos. (N. T.)
279 Profeta de Israel, autor de um livro do Velho Testamento, v. I, 4. (N. T.)

A Divina Comédia - Purgatório

Como os pintou, estava os contemplando:
Diferença quanto às asas há somente;
João[280] eu sigo, Ezequiel deixando.

Entre os quatro volvia resplendente
Com dupla roda um carro triunfante[281],
Por um grifo[282] tirado altivamente,

As asas estendendo ia pujante;
No meio às listras três de cada lado,
Sem nenhuma empecer seguia avante.

Não sobe a vista ao ponto sublimado
A que se erguem; são do ouro os membros da ave
No mais o róseo e o níveo misturado.

Roma um plaustro não viu tão belo e grave
Do Africano em triunfo ou no de Augusto;
O do Sol fora ante ele humilde trave:

Esse que, transviado foi combusto,
Da Terra quando as súplicas bradaram
E em seus arcanos Júpiter foi justo[283].

Dançando à destra aos olhos se mostraram
Três damas: tão rubente uma parece,
Que chamas se a cercassem a ocultaram.

---

280 Apocalipse IV, 6-8. (N. T.)

281 A Igreja Católica; as duas rodas simbolizam o Velho e o Novo Testamento. (N. T.)

282 Animal mitológico, metade leão e metade águia; símbolo de Jesus Cristo, com as duas naturezas, humana e divina. (N. T.)

283 Esse que, transviado, foi combusto: Fetonte, que tentou guiar o carro do Sol, porém, a rogo da Terra, foi fulminado por Júpiter. (N. T.)

DANTE ALIGHIERI

A segunda tão verde resplandece,
Como composta de esmeralda bela;
A candura da neve outra escurece.

A dança dirigindo, se desvela
Ora a branca ora a rubra: o canto desta
Detém, apressa o passo ao querer dela[284],

À sestra fazem outras quatro[285] festa
De púrpura vestidas: uma guia
As outras e três olhos tem na testa.

Dous anciões[286] no couce depois via
Dif'rentes no vestir; mas igualdade
Nos gestos seus e acatamento havia.

Aluno um parecia na verdade
De Hipócrates sublime que criado
Natura tem por bem da humanidade.

Mostrava o companheiro outro cuidado
Trazendo espada tão aguda e clara,
Que onde eu 'stava de susto fui tomado.

De humilde aspeito a vista me depara
Mais quatro[287]: segue o velho[288], que, distante,
Cerra os olhos mas luz a face aclara.

---

284 Três damas, as três virtudes teologais: fé, esperança e caridade. (N. T.)

285 As quatro virtudes cardiais: justiça, fortaleza, temperança e prudência. A prudência tem três olhos (como diz Sêneca, vigia o presente, prevê o futuro e lembra o passado). (N. T.)

286 São Lucas e São Paulo. (N. T.)

287 São Pedro, São João, São Tiago e São Judas, escritores das Epístolas canônicas. (N. T.)

288 São João, que, parece, quando escreveu o Apocalipse estava perto dos noventa anos. (É preciso notar que os escritores sacros são apresentados em vários aspectos, conforme os seus livros; por isso alguns entre eles são repetidos). (N. T.)

A Divina Comédia – Purgatório

Os sete como os quatro de diante
Trajando a fronte sua têm cingida,
Não de coroa de lírios alvejante,

Mas de purpúreas flores rubescida:
Um tanto longe ao vê-los me parece,
Que a testa a cada qual estava incendida.

E, quando o carro em face me aparece,
Rompe um trovão e a santa companhia,
Atendendo ao sinal pronta obedece:

Para o cortejo e quanto o antecedia.

CANTO XXX

Acolhida festivamente pelos anjos e pelos bem-aventurados, desce do Céu Beatriz (a divina sabedoria) e pousa no carro. Nisto Virgílio (a humana sabedoria) desaparece. Ela dirige-se a Dante e lhe exprobra os seus desvios. Dante chora; e os anjos se compadecem dele. Beatriz, dirigindo-se a eles, expõe mais particularmente quais foram as suas faltas depois da sua morte.

Quando o setentrião do céu primeiro,
Que, jamais tendo ocaso, nem nascente,
Da culpa só nublou-se em nevoeiro,

E ali fazia cada qual ciente
Do dever seu, bem como o deste mundo
Do nauta ao porto é guia permanente,

Parou, a santa grei, que ia em segundo
Lugar antes do Grifo, dirigia,
Como à paz sua ao carro olhar profundo.

Um, que do céu arauto parecia,
"*Veni, sponsa de Libano*[289]", cantando,
Três vezes disse, e a turba repetia.

---
289 Convite do esposo à esposa no Cântico dos Cânticos de Salomão. (N. T.)

A Divina Comédia – Purgatório

Como, ao soar o derradeiro bando,
Hão de os eleitos ressurgir ligeiros,
Com renovada voz aleluiando,

Assim, da vida eterna mensageiros,
Cem anjos, *ad vocem tanti senis*[290]
Elevaram-se ao carro sobranceiros.

Diziam todos: "Benedictus qui venis[291]!"
Modulavam, lançando em torno flores:
"Manibus, oh, date lilia plenis[292]!"

Já vi do dia aos lúcidos albores
Em parte o céu de rosicler tingido,
Estando em parte azul e sem vapores,

E o Sol, nascendo em nuvens envolvido,
Permitir que se encare em seu semblante,
Entre véus nebulosos escondido:

Tal, em nuvem de flores odorante,
Que de angélicas mãos sobe fagueira
E cai no carro e em torno a cada instante,

De véu neves cingida e de oliveira,
Uma dama esguardei com verde manto
E veste em cor igual à da fogueira.

---

290 À voz de velho tão venerado como era Salomão. (N. T.)

291 "Bendito és tu que vens", cantavam os hebreus a Jesus quando entrou em Jerusalém, São Mateus, Evangelho XXI, 9. (N. T.)

292 Espalhai lírios às mãos cheias. (N. T.)

Dante Alighieri

E o espírito meu, que tempo tanto
Havia já, não fora ao seu conspeito,
Trêmulo, entrando de soçobro e espanto,

Antes que aos olhos se mostrasse o aspeito,
Sentiu, por força oculta que desprende,
Do antigo amor, o poderoso efeito[293].

Quando essa alta influência em mim descende,
Que desde o alvor primeiro da existência
Da alma as potências me avassala e rende,

À sestra me voltei com diligência,
Qual infante da mãe correndo ao seio,
Se dor ou medo assalta-lhe a inocência,

Por dizer a Virgílio: "Neste enleio,
Meu sangue em cada gota é convulsado,
De amor na antiga flama eu me incendeio".

Mas ai! Virgílio havia-se ausentado,
Virgílio, o pai dulcíssimo e amoroso,
Virgílio, a quem, por me salvar, fui dado!

Quanto perdeu neste lugar formoso
Eva, não tolhe as lágrimas no rosto,
Que o rocio me lavara milagroso.

"Não haja por Virgílio ir-se, desgosto;
Não te entregues ao pranto agora, ó Dante;
Por dor mais viva ao pranto sê disposto".

---

293 Dante se enamorou de Beatriz quando tinha a idade de 9 anos. (N. T.)

A Divina Comédia – Purgatório

Como em revista às naus sábio almirante
Nas manobras feroz a dura gente
E os corações esforça vigilante,

Do carro à borda, à esquerda, incontinenti,
Quando voltei-me ao nome proferido,
Que por ser dito aqui vem simplesmente,

A dama vi que tinha aparecido
Velada em meio da divina festa,
Tendo, além-rio, o gesto a mim volvido.

Conquanto o véu, que lhe cingia a testa,
Que de Minerva fronde coroava,
A face não deixasse manifesta,

No régio continente que ostentava
Desta arte prosseguiu; porém dizendo
O mais acerto para o fim guardava:

"Oh! Sou eu! Sim! Beatriz 'stás vendo!
Pois te hás dignado de ascender ao monte
Ter aqui dita o homem já sabendo?"

Os olhos inclinando à pura fonte
Vi minha imagem; logo os volto a um lado,
Tanta vergonha me acendia a fronte!

Qual mãe, que o filho increpa em tom magoado,
Pareceu-me: porque se torna amara,
A piedade que pune, ao castigado.

Calou-se ela e dos anjos a voz clara
"*In te, Domine, speravi*", de repente[294]
Entoa, mas em *pedes meos* para.

Da terra italiana em serra ingente
Da esclavônia por ventos contraída
Entre as selvas congela a neve algente;

Depois liquesce e corre derretida
Ao quente sopro, que do sul procede,
Como cera de flamas aquecida;

Tal o soçobro as lágrimas me impede
Antes de ouvir a angélica toada,
Que o hino dos eternos orbes mede.

Mas quando, em seus concentos expressada,
Compaixão vejo mais do que se houvessem
Dito: "Senhora, por que és tanto irada?"

No peito meu os gelos se amolecem;
Dos lábios e dos olhos irrompendo,
Com lágrimas soluços aparecem.

Firme no carro, à destra se volvendo,
Ela aos pios espíritos dizia,
Do cântico às palavras respondendo:

"Vigilantes estais no eterno dia;
Jamais por noite ou sono distraída,
Do tempo os passos vossa vista espia.

---

294 Em ti, Senhor, me refugio, Salmo XXX, até às palavras *pedes meos* (meus pés): exprime o
arrependimento e a esperança na misericórdia de Deus. (N. T.)

A Divina Comédia – Purgatório

Minha resposta, pois, vai dirigida
Àquele, que ora ao pranto os olhos solta:
A culpa seja pela dor medida.

Dos céus, não pela ação, na imensa volta,
Que para um fim conduz cada semente,
Segundo os astros, que lhe vão na escolta,

Se não de graças por divina enchente,
Que chovem sobre nós dessa eminência,
A que se alar nem pode a nossa mente,

Este homem foi na aurora da existência,
De tais dotes ornado, que pudera
Da virtude alcançar toda a excelência.

Se, porém, a incultura se apodera
Ou semente ruim do bom terreno,
Plantas malignas, peçonhentas gera.

Conservou-se ante mim puro e sereno:
Meus olhos, em menina, o conduziram
Pelo caminho mais seguro e ameno.

Tanto que umbrais à vista se me abriram
Da idade segunda e desta vida,
Deixou-me; outros enlevos o atraíram.

Quando em espírito eu fora convertida
E beleza e virtude em mim crescera,
Em menos preço fui por ele havida.

DANTE ALIGHIERI

Por fraguras fugiu da estrada vera,
Em fingidas imagens enlevado,
De que jamais se alcança o que se espera.

Inspirações em vão hei-lhe impetrado
Em sonhos, em vigília o bem mostrando:
Cego, correu pelo caminho errado.

Já todo o esforço meu se malogrando,
Para salvá-lo do perigo eterno
Quis que baixasse ao reino miserando.

Foi neste empenho que desci ao inferno,
E à sombra, que de guia lhe há servido,
Fiz o meu rogo lacrimoso eterno.

O preceito de Deus fora infringido,
Se ele do Lete transcendesse as águas,
Se lhe fosse prová-las permitido,

Sem seu preço pagar em pranto e mágoas".

CANTO XXXI

Beatriz continua repreendendo a Dante, o qual confessa os seus pecados. Matilde o mergulha, então, no rio Lete. Depois as sete damas que participavam da procissão (as quatro virtudes cardiais e as três virtudes teologais) o levam até Beatriz, pedindo a ela que se desvele diante do seu fiel. Beatriz tira o véu.

"Ó tu que estás além da água sagrada",
Prosseguiu Beatriz incontinenti,
A ponta a mim voltando dessa espada,

Que de revés já fora assaz pungente.
"Diz se é verdade, diz! À culpa unida
Esteja a confissão do penitente".

Tanta a força mental foi confrangida,
Que a voz desfaleceu, se erguer tentando,
Expirou-me nas fauces inanida.

Esperou; disse após: "Que estás pensando?
Responde: inda não tens n'água apagado
Lembranças do passado miserando?"

No meu enleio, de temor travado,
Um tão confuso sim, trêmulo, expresso,
Que houve mister dos olhos ajudado.

Como em besta entesada em grande excesso,
Quebrando-se arco e corda, parte a seta
E no alvo dá sem força do arremesso,

Stando minha alma em tanto extremo inquieta
E em suspiros e lágrimas rompendo,
Perdeu a voz o som, que a língua enceta.

"Se ao meu querer", prossegue, "obedecendo
Tinhas fanal, que ao bem te conduzisse,
De anelos teus a mira ser devendo,

Onde o poder de estorvos, que impedisse
Teus passos? Quais grilhões que os retivessem
Na vereda, que avante ir permitisse?

Houve encantos, que a outros te prendessem,
E delícias, que tanto te atraíram,
Que a tua alma enlear assim pudessem?"

Do peito agros suspiros me saíram;
Para falar-lhe apenas tive alento,
E a voz a custo os lábios exprimiram.

Tornei chorando: "O engano, o fingimento
Ao terreno prazer me hão transviado,
Em vos nublando a face o passamento".

A Divina Comédia – Purgatório

"Se ocultaras", falou-me, "o teu pecado,
A graveza da culpa ao claro vira
Aquele, por quem deves ser julgado.

Mas se o réu, confessando, tem na mira
O pesar do mau feito, em nossa corte
Contra o fio da espada a mó se vira.

Entanto, por que seja em ti mais forte
De errar o pejo e, no porvir ouvindo
Sereias, não procedas de igual sorte,

Escuta-me, os teus prantos consumindo:
Verás que, inda sepulta, eu te guiara,
Pela contrária rota conduzindo.

Jamais arte ou natura te mostrara
Enlevo, quanto a rara formosura
Do corpo, em pó tornado, em que eu morara.

Se comigo baixara à sepultura
Teu supremo prazer, como arrastar-te
Pôde, após si, mortal delícia impura?

Enganos tais sentindo saltear-te,
Aos céus alçando a mente deverias
'Té minha eternidade sublimar-te,

E não baixar do voo, em que subias
Te expondo a novos tiros, atraída
Por jovem, por vaidades fugidias.

Dante Alighieri

Será duas, três vezes iludida
Ave inexperta; mas a seta, o laço
Pássaro velho esquiva, apercebido".

Qual menino, que a mãe por largo espaço
Increpa; e, baixa a fronte, envergonhado
Reconhece em silêncio o errado passo,

Tal me achava. "De ouvir se estás magoado.
Levanta a barba!", ainda prosseguia,
"Olhando-me, hás de ser mais castigado!"

Com menos resistência abateria
De Europa o vendaval carvalho altivo
Ou da terra, que a Jarba obedecia[295],

Do que eu alcei o rosto pensativo;
Quando ela disse barba[296] e não semblante
A malícia notei e o seu motivo.

Olhos erguendo alfim, do mesmo instante
Aos ares vi que flores não lançava
A falange dos anjos radiante.

Tímida a vista a Beatriz achava
Voltada ao Grifo, que uma só pessoa
Em naturezas duas encerrava.

---

295 Ao vento boreal que sopra na nossa região, ou ao vento meridional que sopra na África, onde reinou Jarbas. (N. T.)

296 Beatriz disse "barba" e não semblante, querendo referir-se à idade madura de Dante. (N. T.)

A Divina Comédia – Purgatório

Além do rio sob o véu e a coroa
Tanto excede a beleza sua antiga
Quanto em vida as que mais fama apregoa.

E do pesar pungiu-me tanto a urtiga,
Que das cousas, que mais na terra amara
A mais cara odiei como inimiga.

Remorso tal a mente me assaltara,
Que vencido tombei: qual fiquei sendo
Sabe quem dor tão viva motivara.

Ao coração a força me volvendo
Notei a dama, que primeiro eu vira
Ao lado meu, "Abraçai-me!" dizendo.

'Té ao colo no rio me imergira;
E correndo, qual leve lançadeira,
Das águas sobre a tona a si me tira.

Já próximo à beatífica ribeira,
Ouvi "Asperges me" tão docemente,
Que o não descrevo ou lembro, inda que o queira.

Matilde, abrindo os braços de repente,
Cingiu-me a fronte e súbito afundou-me;
Era dessa água haurir conveniente.

Assim purificado, ela guiou-me
Das damas quatro para a dança bela,
E cada uma nos braços estreitou-me.

DANTE ALIGHIERI

"Cada qual, ninfa aqui, nos céus estrela,
Antes que Beatriz descesse ao mundo,
Servas de ordem suprema somos dela.

Os seus olhos verás; mas no jucundo
Lume interno hás de ter vista aguçada
Pelas três cujo olhar é mais profundo".

Modulando na angélica toada,
Ante o Grifo consigo me levaram:
Lá Beatriz para nós era voltada.

"Em contemplar sacia-te!", falaram,
"As esmeraldas que ora tens presentes,
Donde os farpões de amor te vulneraram".

Mais que a flama desejos mil ardentes
Prenderam olhos meus aos seus formosos,
Na adoração do Grifo persistentes.

Qual Sol no espelho, nesses luminosos
Astros o Grifo se alternando, eu via
Seres dois refletir misteriosos:

Meu espanto, ó leitor, qual não seria
Vendo o objeto na imagem transmutado,
Quando constante em si permanecia?

Enquanto eu de prazer e pasmo entrado,
Esse doce manjar 'stava gozando,
Que sacia mas sempre é desejado,

A Divina Comédia – Purgatório

De ordem mais alta ser manifestando
Pelo meneio, as três se adiantaram,
Por angélico estilo modulando.

"Os olhos santos, Beatriz", cantaram,
"Oh! volve ao servo teu leal constante
A quem por ver-te os passos não custaram.

Nos dá por grã mercê que o fido amante
Sem véu segunda formosura
Contemple nesse divinal semblante!"

Ó resplendor da luz eterna e pura!
Quem do Parnaso à sombra descorando
E da água sua haurindo alma doçura,

Aturdido não fora, se arrojando
A tentar descrever qual te mostraste,
Quando o céu de harmonias te cercando,

Ao ar patente a face revelaste?

CANTO XXXII

Dante olha com amor a Beatriz. No entanto o carro, seguido pela procissão dos bem-aventurados, move-se em direção a uma árvore elevadíssima e despida de folhagem. O grifo ata o carro à árvore e esta logo cobre-se de flores. O Poeta adormece. Ao despertar vê Beatriz, rodeada das sete damas, sentada ao pé da árvore. Acontecem, depois, no carro fatos maravilhosos que causam ao Poeta surpresa e medo.

Com tão sôfregos olhos saciava
A sede, em que anos dez eu me incendia,
Que aos mais sentidos toda a ação cessava.

Quase murada a vista se imergia
No santo riso ao mais indiferente,
E nos laços de outrora me prendia.

Desse êxtase arrancou-me de repente
A voz das santas, que da esquerda soa:
"Demais contemplativa tens a mente!"

Os ofuscados olhos me nevoa
Torvação semelhante ao vivo efeito,
Que do Sol causa a face em quem fitou-a.

A Divina Comédia – Purgatório

Mas quando a pouca luz estive afeito
(Pouca em confronto ao lume deslumbrante,
Que por força deixara e a meu despeito),

Vi que à destra volvia o triunfante
Exército celeste à frente estando
Os candelabros sete e o Sol flamante.

Qual hoste a se salvar broquéis alçando,
Se volta, e com a bandeira não prossegue
Senão mudada a direção, girando;

A celeste milícia avante segue,
Na marcha procedendo desfilava
Antes que o santo carro a volver chegue.

Cada coreia as rodas escoltava,
E o Grifo a carga santa removia
Sem parecer que as penas agitava.

Quem pelo rio me arrastado havia,
Estácio e eu a roda acompanhamos,
Que por arco menor volta fazia.

Na alta floresta caminhando vamos,
Erma por culpa da que a serpe ouvira:
Pelo cântico os passos regulamos.

Andáramos espaço que medira
Uma seta três vezes disparada:
Desceu Beatriz do carro, em que eu a vira.

DANTE ALIGHIERI

"Adam!", disse em murmúrio a grei sagrada.
Todos depois uma árvore[297] cercaram,
De folhas e de flores despojada.

Tanto aos lados seus ramos se alargaram,
Quanto erguiam-se ao céu: como portento
índios nas selvas suas os mostrariam.

"Ó Grifo! Glória a ti! De culpa isento,
Não provaste do lenho doce ao gosto,
Que tanta dor causou, tão cru tormento!"

Daquele tronco excelso em torno posto,
Diz o préstito; e o Grifo lhe contesta:
"Assim justiça é sempre no seu posto".

E ao carro que tirara na floresta,
Voltou-se e o conduziu ao tronco anoso:
Dele foi parte, a ele atado resta.

Quando o astro rebrilha poderoso,
Juntando os seus clarões aos que desprende,
Depois do Peixe o signo luminoso,

Brotando as plantas cada qual resplende
De esmalte novo, e ainda de outra estrela
Abaixo os seus frisões o Sol não prende:

Súbito assim refloresceu aquela
Árvore nua, gradações formando
Entre rosa e violeta em cópia bela.

---

297 A árvore do bem e do mal, cujo fruto Adam comera, pelo que foi expulso do Paraíso. (N. T.)

A Divina Comédia – Purgatório

Então de um hino as notas escutando,
Quais nunca sobre a terra se cantaram,
Não pude resistir a som tão brando.

Se eu narrasse como olhos se fecharam[298]
De Argo impiedosos, de Sírius ao conto
Que o seu nímio velar caro pagaram,

Pintor, tirara ao natural e em ponto
O sono em que engolfei-me docemente;
Mas faça-o quem nessa arte forma pronto!

Passo ao momento em que espertou-se a mente:
Fulgor ao sono intenso o véu rompia,
"Eia! que fazes?", ouço incontinenti.

Quais vendo que de flores se cobria
O linho cujo pomo apetecido
Na boda eterna os anjos extasia,

João, Pedro e Tiago ao seu sentido,
Depois da prostração à voz tornaram,
Que sono inda maior tinha vencido,

E a companhia decrescida acharam
De Elias e Moisés enquanto as cores
Sobre a estola do Mestre[299] se mudaram:

---

298 Como adormeceu e se fecharam os olhos de Argos ao ouvir o conto de Mercúrio a respeito
de Sírio. (N. T.)

299 Como os apóstolos João, Pedro e Tiago, ao assistirem à transfiguração de Jesus Cristo, no
monte Tabor, e ao vê-lo em companhia de Moisés e Elias, desmaiaram e despertando, depois, o
viram em sua forma natural havendo os dois profetas desaparecido, etc. (N. T.)

DANTE ALIGHIERI

Tal despertei da luz aos esplendores,
Vi perto a dama que me fora guia
Do rio à margem sobre a relva e as flores.

"Onde é Beatriz?", cuidadoso lhe dizia.
"Da fronde nova à sombra a vês sentada,
Junto à raiz", Matilde respondia.

"Da companhia sua é rodeada;
Ao céu após o Grifo os mais subiram,
Com mais doce canção, mais sublimada".

Não sei se as vozes suas prosseguiram
Pois aquela aos meus olhos se mostrara,
Em quem meus pensamentos se imergiram.

Sobre a terra bendita se assentara,
Só, como em guarda ao plaustro portentoso,
Que ao tronco antigo o Grifo vinculara.

Rodeiam-na, com círculo formoso,
As ninfas sete, os lumes empunhando,
Seguros de Austro e de Aquilão ruidoso.

"Na selva a tua estada abreviando,
Serás comigo na eternal morada
Da Roma, onde tem Cristo o régio mando[300].

Do mundo em prol, perdido em rota errada,
O carro observa e cada cousa atento
Guarda, por ser ao mundo registrada",

---

300 O Paraíso. (N. T.)

A Divina Comédia - Purgatório

Falou Beatriz; e eu, pois, que o entendimento
Do seu querer aos pés tinha prostrado,
Fitei no carro a vista e o pensamento.

Dos etéreos confins arremessado,
Não rasga o raio à densa nuve, o seio,
Com tanta rapidez precipitado,

Como da alta ramada pelo meio,
Córtice fronde, flores destruindo,
O pássaro de Jove[301] irado veio.

Com força imane o carro foi ferindo,
Que aos golpes, qual navio, se agitava,
Que o mar combate os bordos lhe investindo.

E logo após eu vi que se enviava
Ao carro triunfal uma raposa[302],
Que bom cibo não ter manifestava.

Increpando-lhe a vida criminosa,
Beatriz pô-la em fuga, e em tanta pressa,
Quanto sofreu-lhe a ossada cavernosa.

Depois do carro à caixa a Águia se apressa
A vir por onde, há pouco, descendera;
De inçar de plumas seus coxins não cessa[303].

---

301 A águia, símbolo do império. (N. T.)

302 Símbolo da heresia. (N. T.)

303 Provável alusão ao poder temporal outorgado por Constantino à Igreja Romana. (N. T.)

DANTE ALIGHIERI

Qual gemido que a dor no peito gera,
Ouvi do céu baixar voz, que dizia:
"Ó barca! bem má carga ora se onera!"

A terra então me pareceu se abria,
Entre as rodas um drago arrevessando
Que pelo carro a cauda introduzia.

Depois a cauda atroce retirando,
Qual vespa o seu ferrão, feita a ferida,
Arranca o fundo e vai-se coleando.

Como em terra vivaz relva crescida,
Cobre o resto plumagem de repente,
Com tenção casta e pura oferecida;

Timão e rodas vestem-se igualmente
Tão presto, que um suspiro vem lançado
À flor dos lábios menos prontamente.

Daquele plaustro santo, assim mudado,
Nos ângulos cabeças irromperam,
Três no timão e uma em cada lado.

Essas, como as de boi, armadas eram;
Uma só ponta as quatro guarnecia:
Monstros iguais já nunca apareceram[304].

---

304 Dante, nesta visão, que imita as visões do Apocalipse, pretende simbolizar os funestos efeitos das riquezas que foram oferecidas à Igreja. As sete cabeças do monstro provavelmente simbolizam os sete pecados capitais originados pela corrupção. (N. T.)

A Divina Comédia – Purgatório

Qual penhasco em montanha excelsa, eu via
No carro nua meretriz[305] sentada,
Lascivos olhos em redor volvia.

Como para não ser-lhe arrebatada
Em pé ao lado seu 'stava um gigante[306],
Com quem trocava beijos despejada.

Que os olhos requebrava a torpe amante
Pra mim notando, fero a flagelava
Dos pés a fronte o barregão farfante.

No ciúme e na ira, que o inflamava
Desprende o carro e à selva o vai tirando,
Que depressa aos meus olhos ocultava

A prostituta e o novo monstro infando.

---

305 A Cúria Romana. (N. T.)

306 A casa real de França e, talvez, mais particularmente, Felipe, o Belo, que umas vezes foi
amigo, outras inimigo dos Papas, conseguindo que o Papa Clemente V, em 1305, transportasse a
Santa Sé para Avinhão. (N. T.)

CANTO XXXIII

Beatriz anuncia, com linguagem misteriosa, que brevemente aparecerá quem libertará a Igreja e a Itália da servidão e da corrupção. Impõe-lhe que escreva o que viu. Pede, depois, a Matilde que o mergulhe nas águas do rio Eunoé. Dante, depois da imersão, sente-se mais forte e disposto a subir às estrelas.

Deus, *venerunt gentes*[307], alternando,
Em coros dois, suave melodia
Cantam as ninfas, pranto derramando.

E Beatriz, a suspirar, ouvia
Tão dorida, que pouco mais, outrora
Junto da Cruz mostrara-se Maria.

Quando lhe coube alçar a voz canora,
Entre as formosas virgens posta em pé,
Com santo ardor, que as faces lhe colora:

---

[307] *Deus, venerunt gentes* está no Salmo 78, no qual David lamenta a contaminação do templo de Jerusalém: "Senhor, as nações entraram no teu domínio e contaminaram o teu templo". (N. T.)

A Divina Comédia - Purgatório

"*Modicum et non videbitis me*[308],
Caras irmãs, *et iterum*", tornava,
"*Modicum et vos videbitis me*[309]".

Depois, antes de si as colocava,
E a mim e a dama e ao Vate, que restara,
Pra seguir os seus passos acenava.

Ia assim: que ela houvesse eu não julgara
O seu décimo passo em terra posto,
Eis sua vista na minha se depara.

"Mais perto", disse com sereno rosto,
"Caminha; pois falar quero contigo,
E o leves a me ouvir 'star bem disposto".

Beatriz, logo em tendo-me contigo,
"Por que", prossegue, "irmão não hás querido
Me inquirir, quando vens assim comigo?"

Fiquei, como o que o espírito aturdido,
Ao seu superior falando sente,
E apenas balbucia confundido.

Falei, com voz cortada, reverente:
"Quanto hei mister sabeis mui bem, senhora,
O que seja em prol meu sabeis prudente".

---

308 "Pouco tempo passará e não me vereis mais", Evangelho de São João XVI:16. (N. T.)
309 Beatriz responde: "e novamente passará pouco tempo e me vereis". Provável alusão ao pouco tempo que a Santa Sé teria ficado em Avinhão. (N. T.)

DANTE ALIGHIERI

"De temor e vergonha desde agora",
Tornou, "isento sê, 'stando ao meu lado:
Como quem sonha as vozes não demora!

"A caixa, que a serpente há devastado,
Já foi: de Deus castigo aos criminosos
Ser não pode por sopa[310] obliterada.

Não faltarão herdeiros cuidadosos
Da águia, que ao carro as suas plumas dera,
E o tornou monstro e presa aos cobiçosos.

Vejo o porvir e a voz minha assevera
O que propínquos astros anunciam:
Nada os estorva, nem seu curso altera.

Um quinhentos dez cinco[311] prenunciam,
Que o céu manda a punir a depravada
E o gigante: ambos juntos delinquiam.

A narração, talvez, de treva inçada,
Como as do Esfinge e Têmis[312] não a entendas,
Por parecer-te ao 'spírito enleada.

Farão, porém, os fatos que a compreendas;
Quais Náiades[313], darão do enigma a chave,
Sem dano ao trigo, ao gado, sem contendas

---

310 A sopa que, em sinal de expiação, o homicida comia sobre o túmulo do assassinado. (N. T.)

311 Um DVX, isto é, um chefe, um capitão, enviado de Deus, o qual punirá a Cúria Romana e o rei da França. (N. T.)

312 A Esfinge, que propôs o enigma a Édipo. Têmis foi quem respondeu em forma obscura a Deucalião, que a foi consultar. (N. T.)

313 Ninfas das fontes. (N. T.)

A Divina Comédia – Purgatório

Que na memória tua isto se grave:
Como te falo, assim o ensina aos vivos
Que se afanam em buscar morte insuave.

Lembra os que hás visto feitos aflitivos.
Da árvore o 'stado narra, que te espanta,
Quanto sofreu assaltos dois esquivos.

Quem despoja ou mutila a sacra planta
Blasfema a Deus, de fato o ofende ousado:
Para o seu uso só a criou santa.

'Sperou a primeira alma[314], que há provado
Do seu fruto, anos mil cinco gemendo
Por quem penas em si deu do pecado.

Tua alma dorme, se não 'stá sabendo
A causa singular, que a planta há feito
Tão alta, o cimo tal largura tendo.

Se da água d'Elsa[315] não trouxesse o efeito
O teu vão cogitar sobre essa mente,
Que escurece, qual sangue à amora o aspeito

Fora o que eu disse já suficiente
Para o justo preceito compreenderes,
Que Deus há posto sobre o tronco ingente.

---

314 Adam esperou cinco mil anos a vinda de Jesus Cristo, que tomou sobre si o seu pecado. (N. T.)
315 Confluente do Arno. (N. T.)

Como te ofusca a luz dos meus dizeres.
Porque de pedra tens o entendimento,
Que, afeito à culpa, não permite veres,

Uma imagem te guarde o pensamento,
Como palma ao bordão junta, voltando,
Peregrino, em remédio ao esquecimento".

"No cérebro, qual cera conservando",
Tornei, "a marca do sinete impresso,
Vosso verbo se irá perpetuando.

Mas por que se sublima em tanto excesso
Vossa palavra, sempre apetecida,
Que, alcançá-la tentando, desfaleço?"

"Por veres", diz, "que escola pervertida,
Hás cursado, o que, pois, sua doutrina
Ao verbo meu não pode ser erguida;

Pois a vereda vossa da divina
É tão remota, quanto está distante
Da terra o céu que ao alto mais se empina".

"Não me lembro", respondo à excelsa amante,
"De ter-me às vossas leis nunca esquivado:
Não diz-mo a consciência vigilante".

"Possível é que estejas olvidado",
Respondeu-me a sorrir. "Tem na lembrança
Que inda há pouco, hás do Lete água tragado,

A Divina Comédia – Purgatório

E se de flama o fumo dá fiança,
Que o teu querer no erro andou perdido
Demonstra o olvido teu com segurança.

Será da minha voz claro o sentido,
Por que mais facilmente de ora avante
Da rude mente seja percebido".

Mais demorado, entanto, e coruscante
No círc'lo entrava o Sol do meio-dia,
Como os climas diversos variante,

Quando as damas, bem como astuto espia,
Que, precedendo a tropa, de andar cessa,
Se acaso novidade se anuncia,

Paravam, ao sair da sombra espessa,
Qual aos frios arroios murmurantes
Dos Alpes bosque verde-negro of'reça.

Julguei ver Tigre e Eufrates[316] não distantes
Brotar da mesma fonte juntamente
E separar-se lentos, quais amantes.

"Ó glória! ó esplendor da humana gente!
Qual é, dizei-me, essa água, bipartida
Depois de proceder de uma nascente?"

"Ser-te deve a pergunta respondida
Por Matilde", tornou-me então, falando
Em tom de quem por falta fosse arguida.

---

316 Os rios Lete e Eunoé pareciam estes dois rios, pois nasciam na mesma fonte e, depois, afastavam-se, aos poucos, um do outro. (N. T.)

DANTE ALIGHIERI

A dama disse: "Tudo lhe explicando
Já 'stive: não podia haver efeito
Do Letes, a lembrança lhe apagando".

E falou Beatriz: "Pode ter feito
Escura a mente sua o mor cuidado,
Que o entendimento às vezes torna estreito.

Eis Eunoé, que o curso há derivado:
Conduze-o e, como sabes, o imergindo,
Seu coração alenta desmaiado".

Como alma nobre, ao bem nunca fugindo,
Faz do estranho querer própria vontade,
Quando um simples sinal o está pedindo,

A gentil dama, usando alta bondade,
Guiou-me e a Estácio disse, que atendia:
"Segue-o também", com garbo e majestade.

Esse doce licor, que não sacia,
Eu cantara, leitor, se desse ensejo
Da página uma parte inda vazia.

Mas, porque todas ocupadas vejo
E ao meu segundo Cântico aplicadas
Da arte o freio me tolhe esse desejo.

Como de planta as folhas renovadas
Mais frescas na hástea mostram-se, mais belas,
Puro saí das águas consagradas

Pronto a me alar às lúcidas estrelas.